LOCUS

LOCUS

LOCUS

LOCUS

mark

這個系列標記的是一些人、一些事件與活動。

mark 92 時光守護者
The Time Keeper

作者：米奇・艾爾邦（Mitch Albom）
譯者：席玉蘋
責任編輯：湯皓全　美術編輯：何萍萍　校對：呂佳真
法律顧問：董安丹律師、顧慕堯律師
出版者：大塊文化出版股份有限公司 台北市105南京東路四段25號11樓
www.locuspublishing.com 讀者服務專線：0800-006689
TEL：(02) 87123898　FAX：(02) 87123897
郵撥帳號：18955675　戶名：大塊文化出版股份有限公司

總經銷：大和書報圖書股份有限公司
地址：新北市新莊區五工五路2號
TEL：(02) 89902588（代表號）　FAX：(02) 22901658
初版一刷：2012年11月
初版三刷：2018年11月
定價：新台幣 280元
ISBN 978-986-213-375-0
Printed in Taiwan

時光守護者

THE TIME KEEPER

《最後14堂星期二的課》作者

MITCH ALBOM 米奇・艾爾邦

席玉蘋 譯

目次

這本關於時間的書，獻給 Janine，

因為有她，人生的每一分鐘都值得。

序幕

他眼睛閉著，傾聽著什麼。

是聲音，永無止盡的聲音。

那些聲音，不斷從洞穴角落的一個池子裡傳上來。

是地球上的人發出的聲音。

他們只要一樣東西。

時間。

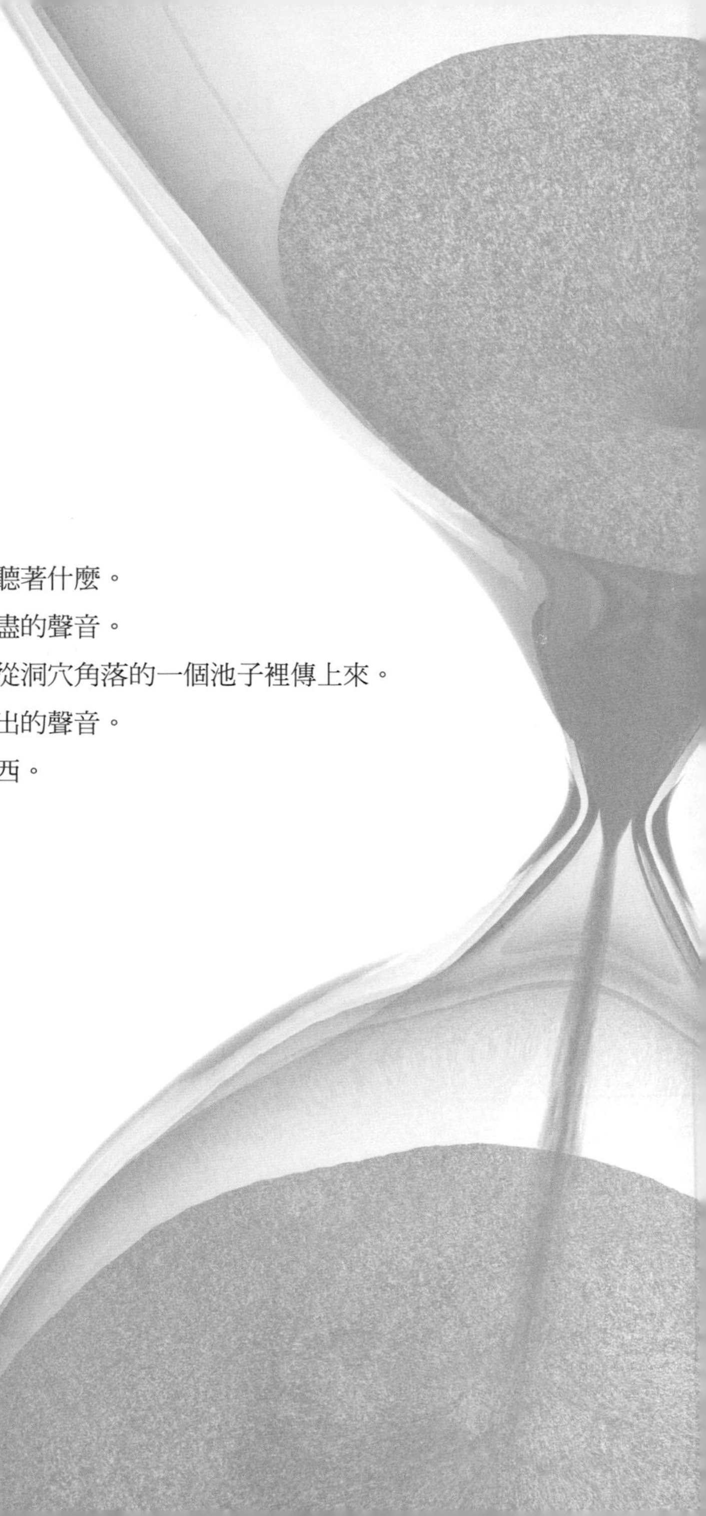

1

有一個人獨坐在洞穴裡。

他的頭髮很長，鬍鬚垂在膝上。他雙手捧著腮。

他眼睛閉著，傾聽著什麼。

是聲音，永無止境聲音。那些聲音，不斷從洞穴角落的一個池子裡傳上來。

是地球上的人發出的聲音。

他們只要一樣東西。

時間。

莎拉．雷蒙的聲音夾雜其中。

她是生於現代的一個少女，正歪斜著身子躺在床上，端詳手機裡的一張相片。是個髮色有如咖啡般深的好看男生。

今晚她要跟他見面。今晚八點半。她興奮地在心裡念了一遍又一遍——**八點半，八點半！**——她不知道穿什麼衣服好。黑色牛仔褲？無袖上衣？不行，她討厭自己的手臂。無袖萬萬不可。

「我需要多一點**時間**，」她說。

維克特・迪拉蒙的聲音也夾雜其中。

他是個有錢人，八十好幾了，正坐在醫生診所裡。他的身旁坐著他的妻子。診療床上覆著白色紙巾。

醫生的聲音很輕柔。「我們無能為力了，」他說。幾個月的治療並沒有見效。是腫瘤。還有腎。

維克特的妻子還想說什麼，可是話卡著出不來。彷彿夫妻共用一個喉頭似地，維克特清清自己喉嚨。

「葛芮絲是想問……我還有多少**時間**？」

他的話，連同莎拉的話，冉冉飄進這個邈遠的洞穴，這個長鬚男人獨坐的洞穴裡。這個人，是時間老人①。

你或許以為他是個神話，是賀年片裡的漫畫人物——形容枯槁，手裡抓著沙漏，比地球任何人都要年老的遠古人物。

然而，時間老人確有其人。而且，事實上，他不會老。在雜亂的鬍鬚和披散的頭髮底下，他身材精瘦，皮膚光滑，不受他善於測量的那樣東西侵害——鬍鬚和頭髮，是生命的象徵而非死亡。

曾經，在他觸怒上帝之前，他不過是個凡人，一個歲數到頭就一定會死的凡人。如今，他的命運截然不同。他被放逐到這個洞穴，必須將世人所有的祈求聽進耳裡——多擁有幾分鐘、幾小時、幾年，**擁有更多時間**的祈求。

他在這裡已經待了天長地久。他已經放棄希望。然而，冥冥中每個人都有個時鐘，默默地在替我們計時。即使是他，也有個時鐘在為他計時。

時間老人就要自由了。

① 編註：Father time，西洋傳說中象徵時間的虛構人物，手持大鐮刀與沙漏。

14

他即將回到地球。
是他起的頭，他得去收尾。

開場

只有人類才會測量時間。

只有人類才會鳴鐘報時。

也因為如此，只有人類才會受到一種恐懼折磨，

而且一想到便全身發軟。

其它生物都不必受這種罪。

一種時間就快用完的恐懼。

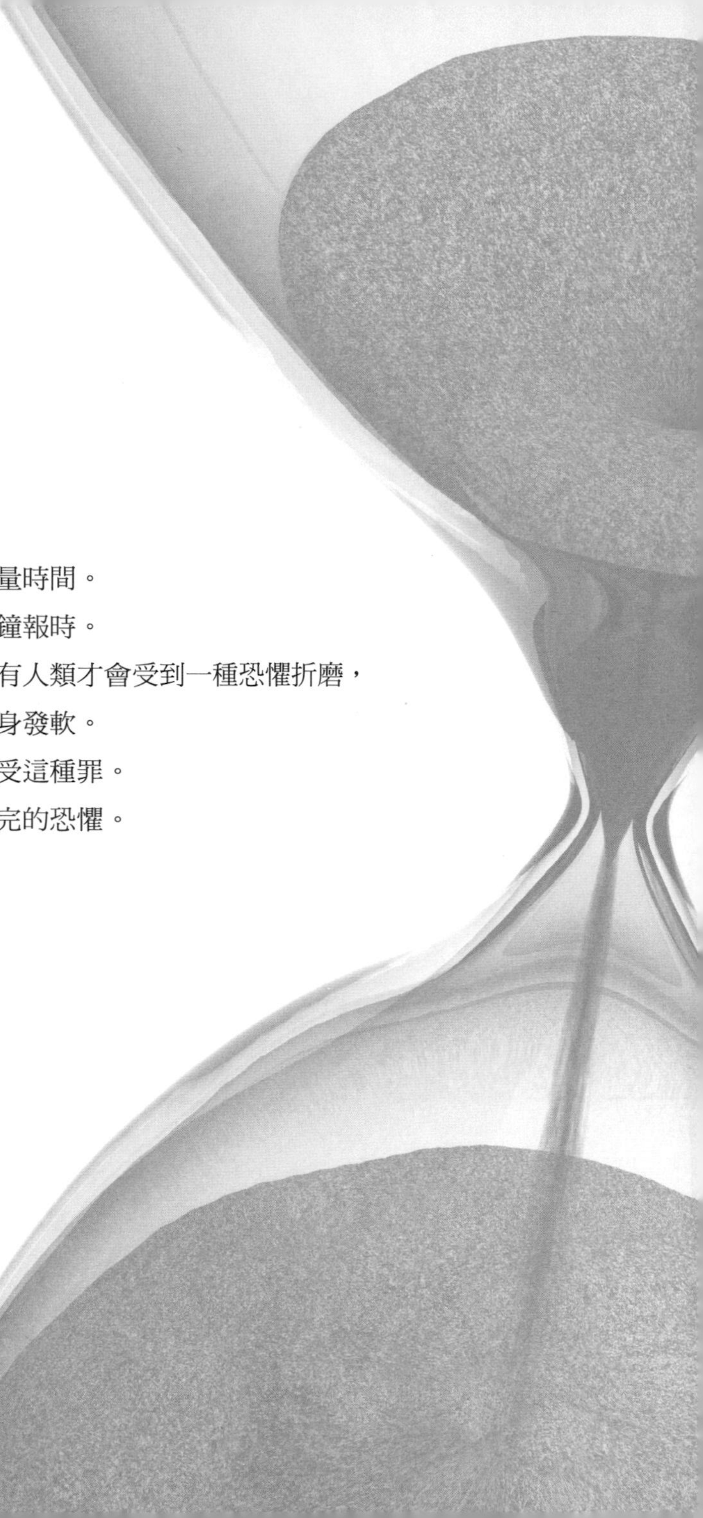

2

這個故事談的是時間的意義。

故事要從很久以前說起。在人類歷史初現曙光的年代，有個赤足男孩正朝著山上跑去。一個赤足女孩跑在他前頭，他想追趕上她。男孩女孩之間，常常都是這樣。

而這一對男孩女孩，以後也一直會這樣。

男孩叫多爾，女孩叫艾莉。

在他們那個年紀，兩人個頭相當，都有高亢的嗓音、濃黑的頭髮，臉上濺染著泥巴。

艾莉邊跑邊回頭看多爾，臉上綻出笑容。她感受到一股初始的愛的騷動。她抓起一顆小石子，朝他的方向高高拋去。

「多爾！」她喊他。

多爾，則是邊跑邊數著自己的呼吸。

他是世界上第一個試著這麼做的人——數算數目，創造數字。他開始將手指一一配對，不同的配對賦予不同的讀音和數值。沒多久，他已經開始數算所有他能夠數算的東西。

多爾是個溫順、聽話的小孩。但他的心思細膩，看事情比周遭的人都要深。他跟別人不一樣。

在那個人類史頁初展的年代，一個跟別人不一樣的小孩有可能改變世界。

所以上帝才會盯著他看。

「多爾！」艾莉又喊。

他的目光上移，露出微笑——他對艾莉總是微笑。小石子落在他腳邊。他頭一歪，心裡冒出一個想法。

「再丟一個！」

艾莉丟得老高。多爾扳著手指數算著，嘴裡發出一的讀音，發出二的讀音……。

「哇嚇嚇！」

第三個小孩，塊頭和力氣都比他大很多的尼姆，冷不防從後頭擒抱住他。尼姆的膝朝多爾的背後一頂，一面大吼。

「我是國王！」

三個小孩都笑了。

他們繼續玩他們的追逐遊戲。

試著想像一種沒有人計算時間的生活。

你可能想像不出來。你知道今天西元幾年，幾月幾日，星期幾。你的牆上有鐘，要不車裡的儀表板上也有。你有日程表，有行事曆，幾點晚餐或看電影都定好時間。

然而，在你的四面八方，誰都沒在管時間計算這檔子事。飛鳥不會遲到，小狗不會頻頻看錶。花鹿不會因為又多了一歲而心浮氣躁。

只有人類才會測量時間。

只有人類才會鳴鐘報時。

也因為如此，只有人類才會受到一種恐懼折磨，而且一想到便全身發軟。其他生物都不必受這種罪。

一種時間就快用完的恐懼。

3

莎拉・雷蒙擔心時間不夠了。

她踏出淋浴間，算算時間。二十分鐘吹頭髮，半小時化妝，半小時穿衣，再花十五分鐘到達目的地。八點半。八點半！

臥室的門打開。是她母親，蘿倫。

「寶貝？」

「敲門！媽！」

「好。叩叩。」

蘿倫瞄了床上一眼，看見幾個選項攤在上面：兩條牛仔褲，三件T恤，一件白色毛衣。

「妳要去哪？」

「哪裡都不去。」

「妳要跟誰見面嗎？」

「沒有。」

「妳穿白色很好看——」

「媽！」

蘿倫嘆口氣。她撿起地上的濕毛巾，離開房間。

莎拉回到鏡前，想著那個男生。她捏捏腰間的肥肉。吼。

八點半！八點半！她絕對不穿白色。

維克特．迪拉蒙擔心時間不夠了。

他和葛芮絲步出電梯，走進兩人位於大廈頂層的高級公寓。「外套給我吧，」葛芮絲說。她將外套掛進衣櫃。

好安靜。維克特拄著枴杖穿過玄關，經過一大幅油畫。是一位法國名家的作品。

他的腹部陣陣抽痛。他應該吃顆藥。他走進書房，裡頭滿滿的書和匾額，還有一張巨大的桃花心木書桌。

維克特想著醫生的話。**我們無能爲力了**。這句話意味著什麼？幾個月？幾星期？難道這就是他的終點？這不可能是他的終點。

他聽到葛芮絲的鞋跟來回踩在瓷磚地板上。他聽到她撥電話。「露絲，是我，」她說。露絲是她妹妹。

葛芮絲壓低聲音。「我們剛去看醫生回來……」

維克特一個人坐在椅子裡，計算著他越來越短的餘生。他感覺一股氣打胸膛往上衝，彷彿胸口被人勒得死緊。他的臉變了形。他濕了眼睛。

4

小孩越長越大，和自己的宿命就越靠近。

當年那三個在山上的孩子，多爾、尼姆和艾莉，即是如此。

尼姆變得高大強壯，肩寬體闊。

他替他的建築商父親搬運泥磚。他喜歡自己比其他男生強壯。力量成了尼姆的迷戀。

艾莉出落得更加美麗，

她母親警告她，一定要把滿頭烏絲編成髮辮，眼睛保持低垂，以免她的美貌激起男人惡慾。謙卑成了艾莉的繭。

多爾呢？

噢。多爾成了一個測量東西的人。他在石頭上做記號，在木棍上刻凹痕，把樹枝、石子和所有他能夠數算的東西都攤出來數算。他時常陷入一種做夢的狀態，滿腦子想著數字，他幾個哥哥因此扔下他不管，逕自出門打獵去。

多爾沒去打獵，反而跟艾莉往山上跑。而他的思緒總是跑在他前頭，頻頻招手要他跟上。

就這樣，一個炎熱的早晨，奇怪的事發生了。

當時的多爾，以我們的曆法計算，是個青少年。他坐在泥巴地上，將一根木枝插入地面。陽光熾烈，他注意到木枝的陰影。

他在陰影盡處放了一塊石頭。他對自己唱起歌來，心頭想著艾莉。他們從小青梅竹馬，如今他長高了，而她變得更溫柔。當她抬起低垂的眼睛和他的眼神交會，他會感覺一陣虛軟，就彷彿神魂被人攝去。

一隻蒼蠅嗡嗡飛過，打斷了他的白日夢。「去去去！」他說，揮手驅趕牠。等他回頭瞥見那根木枝，陰影已經縮短，不再碰到石頭。

多爾等著，但陰影縮得更小了，因為天空的太陽不斷上移。他決定將東西都留在原位，明天再來。明天，當太陽下的陰影剛好碰到那顆石頭，那一刻將會是……**今天同樣的時刻**。

事實上，每天不都該有這樣一個時刻嗎？一個陰影、木枝和石頭連成一線的時刻？他暗自思量。

他要將它取名為「艾莉時刻」。每天的此時此刻，他都會想起艾莉。

他拍拍自己額頭，為自己感到驕傲。

如此這般，人類開始銘記時間。

蒼蠅又來了。

多爾再度揮手驅趕。然而，這回蒼蠅拉開身體，化為一條長長的黑幕，中間有一道幽深的開口。

走出一個身披白袍的老人。

多爾害怕得睜大了眼。他想跑、想尖叫，但渾身沒有一處動彈得了。

老人手執一根金色木杖。他將木杖朝多爾的太陽木枝一點，只見木枝從土中升起，化為一列黃蜂。群蜂再度形成一條黑幕，接著中間分開，有如簾幕開啟。

老人踏了進去。

轉眼不見蹤影。

多爾拔腿就跑。

他沒跟任何人提起那個老人。

即使是艾莉。

直到最後。

5

莎拉在抽屜裡找到時間。

她打開抽屜想找黑色牛仔褲，沒找到，反而發現了她生平第一隻錶。那是一款橡皮錶帶的紫色Swatch，被埋在抽屜的深處。是她爸媽送給她的十二歲生日禮物。

兩個月後，他們就離婚了。

「莎拉！」她母親在樓下大喊。

「幹嘛？」她喊回去。

爸媽離婚後，莎拉跟著母親住。無論生活出了什麼差錯，蘿倫一定怪在她那個根本就缺席的前夫身上，莎拉則會點頭表示同情。然而，就某個角度看，她們各自都還在等這個男人：蘿倫等著他認錯，莎拉等著他來拯救自己。她們都沒等到。

「媽，幹嘛啦？」莎拉再喊。

「妳需要車嗎？」

「不用。」

「什麼？」

「我不需要車！」

「妳要去哪裡？」

「哪裡都不去！」

莎拉看看那隻紫色手錶，它還在跑：現在是晚上六點五十九分。

八點半！八點半！

她關上抽屜，大叫：「專心點！」

她的黑色牛仔褲到底在哪裡？

維克特在抽屜裡找到時間。

他取出他的行事曆，看看明天的行程：早上十點董事會議、下午兩點和分析師視訊會議、晚上八點和巴西一家公司的執行長晚餐。維克特打算買下他的公司。以維克特的身體狀況，能撐過任何一場會議都算幸運。

他吞了一顆藥。他聽到門鈴響。誰會在這個時候來？他聽到葛芮絲朝玄關走去。他瞥見書桌上兩人的結婚照。那時候他們多年輕，多健康。沒有腫瘤，沒有衰竭的腎。

「維克特？」

她站在書房門口，一旁站著一個男人，是某看護公司派來的。男人推著一張很大的電動輪椅。

「這是幹什麼？」維克特問。

葛芮絲擠出笑容。「我們說好的，記得嗎？」

「我還不需要。」

「維克特。」

「我還不需要！」

葛芮絲目光望向天花板。

「就放著吧，」她對看護員說。

「放到玄關去，」維克特發出指令。

「放在玄關，」葛芮絲重複一遍。

她跟著看護員走出書房。

維克特闔上行事曆，揉著肚子。他想到醫生說的話。

我們無能爲力了。

他必須想個辦法。

6

多爾和艾莉結婚了。

一個溫暖的秋夜，兩人站在聖壇前。他們互換禮物。艾莉戴著面紗。多爾將香水倒在她頭上，朗聲說道：「她是我的妻子。我會讓她金銀財寶抱滿懷。」在他們那個時代，儀典就是這樣。

她是我的妻子——當他口吐這句話，多爾感到一陣溫暖寧靜，因為打從兒時開始，她就像是他的天空，永遠環繞身旁。只有艾莉能讓他的心神從數算當中移開。只有艾莉能為他從大河取水來，接著在他身邊坐下，哼著柔柔的歌。而他只是啜飲著水，渾然不知自己癡望了多久。

現在他們結了婚，這讓他很快樂。那天晚上他觀察到，雲間露出四分之一個月亮，他便以這彎弦月銘記住這個時刻。那是他們結為夫婦那一晚的光亮。

多爾和艾莉生了三個小孩。

頭胎是兒子，接著是女兒，之後又一個女兒。他們和多爾的家人住在多爾父親的房子裡，近旁還有三個以枝條和泥巴做的陋屋。在那個時代，全家人都住在一起；父母小孩、祖孫三代，都住在同一個屋簷下。除非哪個兒子擁有了財富，才會搬走住進自己的房子。

多爾永遠不可能擁有財富。

他永遠不可能讓艾莉金銀財寶抱滿懷。所有的牛隻羊群不是他父親就是他兄弟的，他們總是斥責他，為何要在愚蠢的測量上浪費時間。他母親一看到他弓著背埋首測量就哭。她感覺神已棄他於不顧，任由他頹廢軟弱。

「你為什麼不能像尼姆那樣？」她問。

尼姆已經成為一個強大的國王。

他擁有巨額財富和許多奴隸。他已開始建造一座龐然巨塔。有時候，多爾、艾莉和孩子們會在早上經過它。

「你小時候真的和他玩在一起？」他的兒子問。

多爾點點頭。艾莉挽住丈夫手臂。「你父親跑得比他快，也比他會爬山。」

多爾微笑。「而你母親跑得比我們都快。」

孩子們笑了，攀住她的腿。「既然你們父親這樣說，那一定是真的，」她說。

多爾數算著為尼姆建造高塔的奴隸數目，一直數到無數字可數。他想，他和尼姆的人生竟變得如此不同。

那天傍晚，他在一塊泥板上刻出幾道凹痕，作為太陽行過天空的軌道記號。孩子們伸手要拿他的工具來玩，艾莉輕輕將他們的手移開，親吻他們的手指。

雖然歷史沒有記載，但隨著多爾年歲漸增，所有的時間測量方式他都涉獵過，只是後來科學界把功勞歸給了別人。

早在埃及發明方尖碑之前，多爾已懂得捕捉陰影。早在希臘發明漏壺之前，多爾就在測量水位。

他發明了世界上最早的日晷。他創造了第一座時鐘，甚至第一個月曆。

「走在時代的前端。」我們時常這樣形容。

多爾則是走在所有人的前端。

想想「時間」這個詞彙。

含帶時間的詞彙不勝枚舉。消磨時間。浪費時間。殺時間。流失時間。

美好時光。時間已到。慢慢來，還有時間。節省時間。

很長的時間。時間正好。沒時間了。注意時間。要準時。閒暇時間。計算時間。

拖延時間。

表達時間的詞彙難以數計，就像一天當中的分鐘數目那樣多。

然而，世上曾經半個形容時間的詞彙也沒有。因為沒有人在做計算。

計算始自多爾。

一切於焉改變。

7

多爾的孩子已經大到能夠自己跑上山了。有一天，多爾的兒時玩伴——尼姆國王來訪。

「這是什麼？」尼姆問。

他手裡握著一個碗。碗底有個小洞。

「一種測量器，」多爾回答。

「不，多爾，」尼姆大笑。「這是個沒用的碗。看看那個洞。不管你倒多少水進去都會漏光。」

多爾沒跟他爭辯。他哪有這個能力？在他鎮日與骨頭、木枝為伍之際，尼姆正領頭攻佔鄰近村落、掠奪人民財產，宣稱他們必須服從他。

這次來訪很不尋常，是許多月升月落以來的第一次。尼姆身穿一襲染成紫色的羊毛袍子，這個顏色象徵財富，奪人眼目。

「你知道我們建造的那座塔吧？」尼姆問。

「它很不一樣；我從沒見過那樣的東西，」多爾答道。

「朋友，這只是個開始。它會帶我們直達天庭。」

「為什麼要直達天庭？」

「為了打敗眾神。」

「打敗眾神？」

「沒錯。」

「然後呢？」

尼姆挺起胸膛。「然後我就能從天上統治人間。」

多爾別過頭去。

「你加入我，」尼姆說。

「我？」

「你很聰明，打從我們童年我就知道。別人說你是瘋子，你不是。你有知識，還有這些……東西……」

他指指那些工具儀器。

「這些東西能讓我的塔更堅固，對不對？」

多爾聳聳肩。

「告訴我這些東西怎麼用。」

那天整個下午，多爾都在解釋他的概念。

他示範給尼姆看，木枝的陰影如何和他做的記號連成一線，木枝上的不同刻度如何將一天切分成幾個部分。他拿出那堆標記著月亮不同階段的石頭。

多爾說的話尼姆大半都沒聽懂。他不斷搖頭，堅稱日神和月神時時都在打仗，所以太陽和月亮才會起起落落。最重要的是權力。而權力，一旦他的高塔完成，會在前面等著他。

多爾聽著，但他無法想像尼姆直搗雲端的景象。他能有多大勝算？

對話結束，尼姆抓起一根太陽木枝。

「這東西我要帶走，」尼姆說。

「等等——」

尼姆緊緊把它抓在胸口。「你再做一個。來幫我建造高塔的時候一起帶來。」

多爾低下眼睛。「我不能幫你。」

尼姆不斷磨著牙齒。

「為什麼？」

「我要工作。」

尼姆大笑。「在碗底鑽洞？」

「不只那樣。」

「我不會再問第二次。」

多爾不發一語。

「隨便你，」尼姆呼出一口氣。他走向門口。「但你必須離開這座城。」

「離開？」

「對。」

「去哪裡？」

「這我不管，」尼姆檢視著太陽木枝的刻痕。「但要走得遠遠的。如果你不這麼做，我的手下會逼你去高塔做工，就像他們逼其他人那樣。」

他經過那些碗，端起底部有小洞的那只。他將它反轉過來，搖搖頭。

「我永遠不會忘記我們的童年，」尼姆說。「但我們再也不會相見。」

8

莎拉・雷蒙快要沒時間了。

晚上七點二十五分了，但她後來終於在洗衣機裡找到的黑色牛仔褲，現在還在烘乾機裡以最大的溫度翻攪著，而她的頭髮是那樣的不聽話，她恨不得一把剪掉它。她的母親又進來過兩次，最後那次手執一杯酒，就女兒的化妝發表了一些意見。（「好啦，知道啦，」莎拉用這些話把母親打發走。）她決定穿棗紅色T恤、黑色牛仔褲——**如果乾得了的話！**——，再搭配一雙有跟的黑色馬靴。高跟會讓她看起來瘦一點。

她跟男孩約好在一家便利超商的店門外碰頭——**八點半！八點半！**——之後可能一起吃點東西或去什麼地方。隨他要怎樣。到目前為止，他們只在每週六上午那個他們共同工作的遊民之家見面，但莎拉已經數度暗示兩個人可以一起出去玩，上星期他終於說：「嗅。好啊。大概星期五吧。」

今天就是星期五，她感覺雞皮疙瘩都起來了。從來沒有一個這樣的男生注意過她，這樣一個又帥又受歡迎的男生。跟他在一起的時候，她希望時間走慢一點，而在見到他之前，她又嫌時間走得不夠快。

她望著鏡子。

「啊，這個臭頭髮！」

維克特．迪拉蒙快要沒時間了。

晚上七點二十五分。東岸辦公室已經下班，但西岸還沒關門。

他拿起電話，撥了一個不同時區，要求轉接研究部門。他邊等邊瀏覽架上的書，心裡做著盤點。*這本讀過。沒讀過。沒讀過……*

就算他把醫生說他僅餘的每一分鐘都拿來讀書，他也不可能讀完這一堆書。而這只是一棟房子裡的一個房間而已。豈有此理。他這麼有錢。他非得想個辦法不可。

「研究部門，」一個女人的聲音傳來。

「嗯，我是維克特。」

「迪拉蒙先生？」女人聲音透著緊張。「有什麼我能效勞的嗎？」

他想到葛芮絲和她訂製的輪椅。他不會這麼輕易放棄。

「我要妳馬上替我查些資料。找到什麼全都傳給我。」

「沒問題，」研究員敲起鍵盤。「什麼主題呢？」

「永生不死。」

9

尼姆來過的那天晚上，多爾和艾莉爬到山上去看夕陽。

他們幾乎每個傍晚都來，回憶著互相追逐的童年。這天多爾卻默默無言。他帶來幾個碗和一桶水。兩人坐妥，他告訴艾莉尼姆來訪的事。艾莉哭了起來。

「我們要去哪裡呢？」她說。「這裡是我們的家，有我們的親人。我們要怎麼活下去呢？」

多爾垂下眼睛。

「妳希望我去為那個高塔做奴工嗎？」

「不希望。」

「那我們別無選擇。」

他去觸摸她的淚，為她拭去淚水。

「我很害怕，」她小聲說。

她兩手環住他的胸，頭靠在他肩上。每天晚上她都這樣做，而就像大部分表達愛意的小小姿態，這個動作也產生了很大的效應。每當她抱著他，多爾感覺寧靜湧遍全身，好似被一張柔毯裹住。他知道，永遠不會有人像她那樣愛他或瞭解他。他的臉揉著她烏黑的長髮，以一種唯有和她在一起才會有的氣息吸吐著。

「我會保護妳，」他承諾。

他們靜坐良久，遙望著地平線。

「你看，」艾莉輕呼。她愛極了夕陽的顏色——金黃如橙，紫若熟莓，柔柔淡淡的粉紅。

多爾站起身。

「你要去哪裡？」艾莉問。

「我得做個試驗。」

「留在這裡陪我。」

多爾依然朝石堆走去。他將水倒進一只小碗，接著在碗底放一個大碗。小碗底部，被尼姆嘲笑的那個小洞，有一塊黏土堵著。他將黏土拿開，水開始滴落，發出啪搭啪搭的輕響。

「多爾？」艾莉柔聲喚他。

他頭也沒抬。

「多爾？」

她雙手抱住膝。她在想，他們會變得怎樣呢？他們要去哪裡呢？她低下頭，用力閉上眼睛。

如果當時有人正在記錄歷史，他可能這樣寫：這是人類發明的第一個鐘，而就在這人心醉神迷於時間計算的這一刻，他的妻子卻在獨自飲泣。

那一夜，多爾和艾莉留宿在山上。

艾莉睡了。而多爾，為了在太陽升起時保持清醒，不斷與疲倦奮戰著。他看著天空從黑夜轉為暗紫，再暈染成矇矓的藍。接著千道光芒迸射，一切彷彿瞬間刷亮，一弧日輪從地平線探出頭，猶如一隻張大眼的金色瞳眸。

如果當時的他多點智慧，他可能會讚嘆日出的美麗，並且感恩自己能夠親眼目睹。然而，多爾一心只顧著測量一天的長短，完全沒把心思放在白晝的奇蹟上。太陽一出，他便移開大碗，讓上面小碗的水不再滴入，接著取來一枚尖銳的石頭，刻出水線的高度。

他的結論是：這些水，就是晝與夜之間的量度。從此刻開始，再也沒有人需要祈禱日神再臨。他們可以利用這個水做的鐘：看到水位漸升，便知黎明即將到來。尼姆錯了。日神與夜神之間並無交戰。黑夜與白晝，都被多爾捕捉在這個碗裡了。

多爾把水倒掉。

上帝也看到了這一幕。

10

莎拉心裡著急。

她飛奔下樓，腿上的牛仔褲溫熱猶存。她感覺一陣慌亂。她記得，兩年前的一個晚上，她也跟一個男生出去過。她跟男生出去的次數其實屈指可數；那是一場正式的冬季舞會，男生是她數學班的同學。他的手濕濕黏黏，嘴裡有椒鹽脆餅的味道。他後來跟著他幾個朋友離開了，她只好打電話找母親來接她。

她告訴自己，這一次不一樣。上回是個怪胎男，這回是個年輕人。他今年十八歲，廣受歡迎。學校每個女生都會喜歡他。**看他那張照片！**而她即將和他見面！

「妳什麼時候回來？」蘿倫坐在沙發上，抬起頭問女兒。她的酒杯已經見底。

「媽，今天是星期五耶。」

「我只是問問。」

「我不知道，好嗎？」

蘿倫揉著太陽穴。「寶貝，我不是妳的仇人。」

「我又沒說妳是。」

她看看手機。她不能遲到。

八點半！八點半！

她從衣櫥裡抓出外套。

維克特心裡著急。

他的手指輕敲書桌，等著研究部門回電。葛芮絲的聲音從對講機傳來。

「甜心，你餓不餓？」

「有一點。」

「要不要喝點湯？」

他凝視著窗外。他們一共有五個家，這間紐約的頂層公寓是其一。其他四棟，分別坐落於加州、夏威夷、漢普頓海灘和倫敦中心。自從他被診斷出癌症，他就沒再去過那四個家。

「喝點湯不錯。」

「我端進來。」

「謝謝。」

自從他生病，她變得更客氣、更貼心，也比較有耐性。他們結婚四十四年了。最後這十年，夫妻倆勿寧更像是室友。

維克特拿起電話，想問問研究部門的進度。可是葛芮絲端了湯進來，他於是掛斷話筒。

11

多爾和艾莉將他們微少的財產裝到驢背上，離開家鄉前往高原居住。

眾人決定，他們的小孩留給多爾父母照顧比較安全。艾莉心都碎了。她兩度要多爾回頭，只為了能再抱抱孩子們。當最大的女兒問：「我現在是一家之母了嗎？」艾莉崩潰了，不斷啜泣。

他們用一束束茅草堆成的新居，很小也很脆弱，難禁風吹雨打。舉目無親下，這對孤單的夫妻只能相依為命。他們努力種植能種的東西，養了一群綿羊、一隻山羊。他們的水是從遙遠的大河取來，必須儉省著用。

多爾繼續用骨頭、木枝、太陽、月亮和星辰進行他的測量。這是唯一能讓他感覺充實的事情。艾莉越來越封閉自己。一天晚上，多爾看到她抱著他們兒子的襁褓毛毯，呆呆望著地上。

多爾的父親，因為多爾母親的堅持，時常為他們送食物來。他父親每次來都會提到尼姆的高塔，讚嘆塔已建得多高、如何用樅木製成磚、如何從希納爾②運來黏土灰漿。

尼姆已經爬到接近天頂之處，朝天空射出一箭。他聲稱箭落下時箭尖染有血跡。人民向他俯首膜拜，相信諸神已經被他射傷。再過不久，他和他的精銳戰士就要深入雲間，他將擊敗所有等候在前面的橫逆，從天上統治人間。

「他是個偉大又強壯的國王，」多爾的父親說。

多爾垂下目光。他和艾莉現在過著放逐的生活，完全是因為尼姆。他不能在早上擁抱自己的孩子，也是因為尼姆。他想起他的童年往事，他、尼姆和艾莉奔跑上山的情景。對他來說，尼姆不過是另一個男人，事實上，尼姆還只是個男孩，老是想著要比其他人更強壯。

「父親，謝謝你送食物來，」多爾說。

②譯註：Shinar，《聖經》中底格里斯河及幼發拉底河下游一古國名，即蘇美或巴比倫地區。

12

「**多爾，有客人。**」

艾莉站起身。一對老夫婦踽踽行來。自從多爾遭到放逐，已經過了許多次的月升月落——以我們的曆法來算，已經三年有餘，所以艾莉只要有客相伴，不管什麼人她都感謝。她問候過老翁老婦，為客人端來食物和水，儘管食物和水對他們來說異常珍貴，並無多餘可以分給別人。

多爾為妻子的仁慈感到驕傲，但也擔心那兩位訪客。那對老人家氣色甚差，眼睛紅腫濡濕，皮膚長著深色斑塊。他私下對艾莉提出警告：「不要碰觸他們。我擔心他們有病。」

「他們是孤單的可憐人，」她反駁。「他們沒有其他人可以依靠。我們要慈悲地對待他們，就像我們希望別人也這樣對待我們一樣。」

艾莉將家裡的大麥餅、大麥糊和僅有的山羊奶端給客人。她專心聽他們述說他們的故事。他們也是被自己的村落驅趕出來；村民害怕，認為那些黑色斑塊代表他們受了詛咒。他們現在過著游牧生活，住在一個以山羊皮搭蓋的帳篷裡。他們四處遊走尋找食物，一面等待死期到來。

老婦邊說邊掉淚。艾莉陪著她哭。她深知在世上流離失所的感覺。她拿起小杯，方便老婦啜飲。

「謝謝妳，」老婦喃喃道。

「妳喝，」艾莉說。

「妳真好心……」

老婦伸出手臂擁抱艾莉，兩隻皺紋縱橫的手不斷顫抖。艾莉屈身向前，貼上她的臉頰。她感覺老婦的淚和她的淚混融在一起。

「願妳平安，」艾莉說。

客人離開的時候，艾莉將家裡僅剩的大麥餅用一張皮包好塞給老婦。多爾查看他的水碗鐘，看到水位距離日落還有一個指甲那樣高。

13

在測量多少年之前，你得先測量多少天。

在測量多少天之前，你得先測量月亮。多爾在流放生活中已經對月亮做了測量，繪出它的不同階段：滿月、半圓的月、四分之一個月，無月。太陽看來天天都一樣，月亮則否，變化的月相讓多爾有東西可以數算。他在泥板上鑿洞，注意到有個模式出現。這個模式，後來希臘人稱為「月」。

每當滿月出現，他就給它一塊石頭作為代表。在兩個滿月之間，他每天都在泥板上鑿洞。他創造了世界上第一個月曆。

就這樣，他的每一天都被賦予了一個數字。

數到第三塊石頭的第五個凹洞時，他聽到艾莉咳嗽。

沒多久她就越咳越厲害。她時時爆出一陣低咳，頭也跟著前傾。

起初她試著正常作息，在茅草屋裡做著日常家務。可是她變得那樣虛弱，有一天煮飯時昏倒在地。多爾一定要她躺在睡毯上休息。她的太陽穴滲出汗珠，眼睛紅腫，總是淚水汪汪。多爾注意到，她的脖子出現一個斑塊。

他心裡很生氣。他早就警告她不要碰觸那兩個訪客，現在可好，他們把詛咒傳給了她。他真希望他們不曾上門。

「我們該怎麼辦？」艾莉問。

多爾執起睡毯一角輕拭她額頭。他知道，他們應該找個阿蘇來，也就是一個能讓艾莉吃些藥草或施以膏藥的醫士，好把疾病趕走。然而，城是那樣的遠。他怎麼可能離開她？高原上只有他們兩個，沒有其他選擇。

「睡吧，」多爾柔聲說。「很快妳就會好起來。」

艾莉點點頭，閉上眼睛。她沒看見多爾眨去他的眼淚。

14

莎拉對時間說話。「走慢一點，」她說。

她一溜煙衝出大門，踏入街道。她想著那個髮色有如咖啡一般深的男生。她想像他猝不及防給她一個大大的吻。

她回頭一望，看到蘿倫的臥室亮起一盞燈。她加快腳步。打開窗戶對著街道大喊，這種事她母親不是做不出來。就像許多十幾歲的少女，莎拉也覺得自己的母親丟人丟到家。她話太多，妝太濃。她老是糾正莎拉——不要彎腰駝背；把頭髮弄整齊——要不就是對她那幫朋友抱怨莎拉的父親，即使他已經搬離了這個州。湯姆幹了這個。湯姆忘了那個。湯姆的支票又遲到了。母女倆曾經比較親密過，但近來兩人都難以理解對方，像是彼此都感覺諱莫如深。莎拉不會跟蘿倫討論男生的事，儘管這方面她其實也沒有很多可以討論。直到現在。

八點半！八點半！

她聽到一聲嗶。是她的手機。

她一把將它抓出外套口袋。

維克特對時間說話。「走快一點，」他說。

他習慣別人迅速回覆，而現在已經一個鐘頭過去了。儘管他周遭的時間不斷滴答滴答，回覆還是遲遲不來。他的書桌立著一個壁爐鐘。他的電腦螢幕，達達報著秒數。他的手機、印表機、錄放影機、桌上型電話，都有電子計時器顯示時間。牆上一方木匾鑲著三個代表不同時區時間的鐘，紐約、倫敦、北京，是他另一家企業的主要辦公處所在地。

加總起來，他的書房裡有九種可以報知他時間的來源。

電話鈴響。總算。他拿起話筒。

「喂？」

「我要傳東西過去。」

「很好。」

他掛斷電話。葛芮絲走進來。

「誰的電話？」

他扯了個謊。「關於明天開會的事。」

「你非去不可嗎？」

「為什麼不去？」

「我只是以為──」

她沒把話說完。她點點頭，拿起碗盤，端進廚房。

傳真機響了。維克特湊近它，看著紙張滑出。

15

多爾靠著妻子躺在地上。星星盤據在整個天空。

她已經幾天沒吃東西了。她發汗發得厲害，而且呼吸困難，令他憂心忡忡。

請不要離開我，他默默祈求。他不能忍受沒有艾莉的世界。他意識到，自己從早到晚是多麼依賴她。她是他唯一說話的對象。他唯一微笑的理由。她為他準備吃食，儘管微少，她總是讓他先吃，即使他堅持要她先吃。夕陽西下後，他們互相偎靠。睡覺時抱著艾莉，像是他與人類的最後一絲牽繫。

他擁有他的時間測量，他擁有她。這是他的生命。自他有記憶以來，甚至自幼開始，多爾和艾莉就一直是這樣，形影不離。

「我不想死，」她聲細如蚊。

「妳不會死。」

「我要跟你在一起。」

「妳是跟我在一起。」

她咳出血來。他將血拭去。

「多爾？」

「什麼事，我的愛？」

「你去求神幫助。」

多爾照她的話做了。他徹夜不眠。

他以從未有過的虔誠祈禱著。過去他只相信測量和數字，而現在，他向至高無上、掌管太陽和月亮的神祇祈禱著。他祈求日神和月神讓一切靜止，讓世界保持漆黑，讓他的水鐘碗不斷滿溢。果真如此，多爾就有時間去找阿蘇，讓他的至愛得到醫治。

他的身體前後搖晃。他不斷低聲誦禱：「求求您，求求您，求求您……」他緊閉著眼，因為這樣似乎能讓他的祈禱顯得更虔誠。然而，當他將眼皮打開最細小的一條縫，他看到了他最懼怕的事：地平線的天色開始出現變化。他看到，碗裡的水就要升到天亮的刻度。他看到，他的時間測量精準無誤，可是他憤恨它們的精準。他詛咒自己對時間的知識，也詛咒讓他失望的神。

他在妻子身旁屈膝跪下，看到她的臉和頭髮已被汗水浸濕。他屈身向前，讓自己的肌膚貼住妻子的肌膚、臉靠著臉，淚水和她的淚混融在一起。他輕聲告訴她：

「我會讓妳停止受苦。我會停止一切。」

當太陽升起，他已經喚不醒她。

他搓揉她的肩膀。他輕戳她的下巴。

「艾莉，」他低呼。「艾莉……我的妻子……睜開眼睛。」

她文風不動，睡毯上的頭無力地垂落著，氣若游絲。多爾感到一腔怒火洶湧，一聲原始的怒吼從腳跟直往上竄，終至穿肺而出。

「啊啊啊啊啊啊啊啊……」

他的怒吼飄進高原稀薄的空氣裡。

他站起身，很慢很慢，彷彿失去了魂。

他開始奔跑。

他跑過整個早上，跑過正午的烈日炙陽。他跑到整個肺都在燃燒，直到終於，他看到了它。

尼姆的高塔。

它巍然聳立，塔頂掩隱在雲裡。多爾朝塔奔去，一心只想到那最後的一線希望。他觀察過時間、圖繪過時間，測量過也分析過，現在，他決心要登上唯一能讓時間改變的地方。

天庭。

他要爬上高塔，去做神不肯做的事。

他要讓時間停止。

這座高塔形如角錐，一條階梯式露台環身而建。這是專為尊貴的尼姆攀登而保留的台階，

任何人都不敢踏足於上。有些人經過時甚至垂下眼睛。

因此，當多爾來到塔底，好幾個衛兵抬起眼睛看他，但誰也沒想到他會這樣做。他們還來不及反應，多爾已經一個箭步衝上國王的專屬台階。眾多奴隸看著他，惶惑不解。這男人是誰？是我們的人嗎？一個奴隸高聲問另一個。幾個奴隸拋下手中的工具和磚塊。

很快的，奴隸也開始爬。他們相信，一場競賽已經開始，看誰能先抵達天庭。衛兵跟著爬。塔底近旁的人紛紛加入。權力的慾望容易點燃，沒多久，成千上萬的人都在高塔的外牆上攀爬。你可以聽到雷鳴般的嘶吼，那是粗暴的人類集體發出的嗥叫，打算奪取不屬於他們的東西。

接下來發生的事，迄今仍有許多辯論。

若是依照歷史的寫法，巴別塔（Tower of Babel）不是遭到棄置，就是被人摧毀。然而，那個後來變成時間老人的人可以作證，事實並非如此，因為他的命運就在那一天被底定。

就在眾人爭相攀爬之際，塔體開始瓦解。磚牆被燒得赤紅；一聲霹靂巨響，塔基融化崩落，塔頂冒出烈焰。塔的中段懸在半空，形成一幅人類從未見過的景象。想爬到天庭的人一個個被摔出塔外，宛如雪片從枝椏抖落。

多爾沒理會這一切，只管努力往上爬。到最後，只有他一人依舊攀附在台階上。儘管頭暈目眩、痛苦難當，儘管兩腿劇痛、胸膛喘不過氣，他依舊攀爬不懈。他一級一級奮力往上爬，四面八方盡是翻滾摔落的人體。他瞥見斷臂殘足，毛髮橫飛。

那一天，成千上萬的人被甩出塔外，他們的舌頭扭曲，化成各種語言。尼姆還沒來得及對天空射出第二支箭，他自私的計畫已被摧毀殆盡。

只有一個人被准許穿過這團迷霧，繼續上升。彷彿有人架著他的腋下帶他飛騰似的，這人最後降落在一個地方。這地方一片幽深漆黑，沒人知道它存在，也永遠不會找到它。

16

這件事就要發生。

一股巨浪正要掀起，一個男孩從衝浪板上站起身。他腳尖一蹬，朝那股漩浪直衝而去。

浪花瞬間凝結。男孩也是。

這件事就要發生。

一名髮型設計師將一束頭髮往後撥，剪刀插進這撮頭髮底下。她兩指一夾，輕輕喀嚓一聲。

被剪掉的頭髮失去依靠，朝地面落下。

停在半空。

這件事就要發生。

德國杜塞朵夫市哈敦史特勞茲街的博物館裡，一名警衛看到一個外表怪異的訪客。那人很瘦，頭髮很長。那人走到古董鐘錶的展示區，打開一只玻璃展示櫃。

「請勿——」警衛豎起一根手指搖晃，嘴裡發出警告，然而，頃刻間，他感覺全身鬆弛，腦中混沌一片。他彷彿看到，那個奇怪的人將鐘錶展品一一取出、細細端詳，拆解後又裝回去。這些動作照理說得花幾星期才做得完。

從恍惚中回過神的警衛，續完他說了一半的話：「——動手。」

但那人已消失不見。

洞穴

不出多久，無論在哪個國家、
說哪種語言，時間都成了最有價值的物品。
對於更多時間的渴望
成了多爾洞穴裡無止無休的合唱。

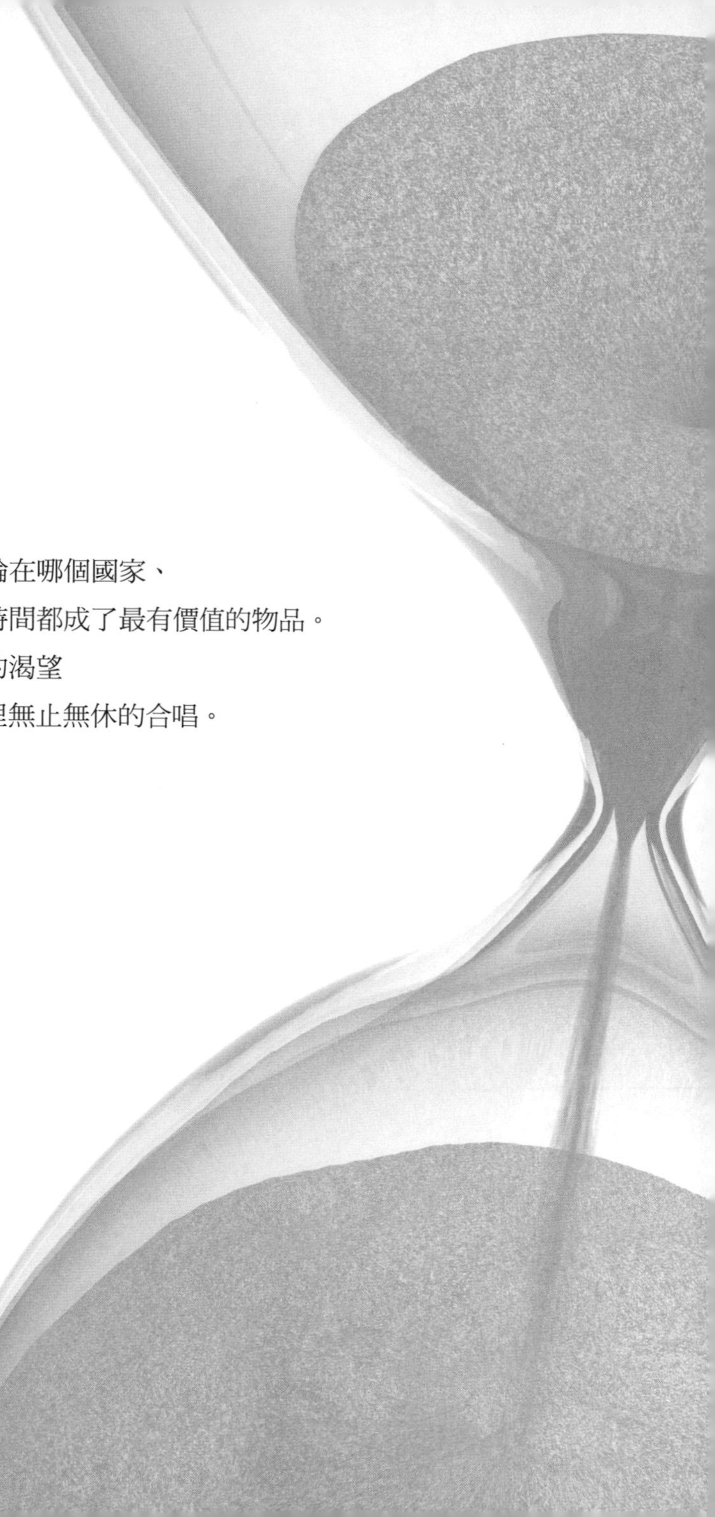

17

多爾在一個洞穴裡醒來。

這裡沒有光，但不知為什麼，他看得到。他腳下有許多崎嶇不平的石堆，頭頂上面也是，石頭的尖端高高低低向下懸垂著。

他抬起手，摸摸自己手臂和膝蓋。他還活著嗎？他怎麼會到這裡來？攀爬高塔的當兒他痛苦難當，而現在，所有的痛都消失了。他不再氣喘如牛。事實上，當他摸到自己的胸，發現自己根本沒在呼吸。

一時之間，他想到這會不會是眾神的巢穴，接著他想起從高塔上摔落的人體、被燒到融化的塔基，以及他對艾莉的承諾——**我會讓妳停止受苦**。想到這些，他腳一軟，雙膝跪地。他失敗了。他沒能讓時光倒轉。他為什麼要離開她呢？他為什麼要奔跑呢？

他把臉埋進掌心哭了起來。淚水從他的指間滲出，將岩石地面沾染成一片晶瑩的藍。

很難確定多爾哭了多久。

當他終於抬起目光，只見眼前坐著一個身影——他幼時見過的那個老人。老人的下巴棲在金色木杖的柄端，望著多爾的眼神猶如父親望著熟睡的兒子。

「你是來求權力的嗎？」老人問。多爾從未聽過這樣的聲音，似有若無般輕，彷彿從來不曾啟用過。

「我只求，」多爾低聲回答。「太陽和月亮靜止不動。」

「啊，」老人說。「難道那不是權力嗎？」

他往多爾腳上的涼鞋一指，涼鞋立刻瓦解。多爾現在變成赤足。

「您就是那位至高無上的神嗎？」多爾問。

「我只是祂的僕人。」

「我死了嗎？」

「死神放過了你。」

「好讓我死在這裡？」

「不。在這個洞穴裡，你絲毫不會老。」

多爾慚愧地別過頭去。「我不配得到這樣的恩賜。」

「這不是恩賜，」老人說。

他站起身，木杖舉在面前。

「你在人世間為某件事起了個頭。這件事會改變你之後的所有人。」

多爾搖搖頭。「您弄錯了。我是個渺小的人，別人躲我還來不及呢。」

「少有人知道自己的能力，」老人說。

老人敲敲地面。多爾眨眨眼，不敢置信。所有的工具和儀器霎時出現在他眼前：他的量杯，他的木枝，他的石頭和泥板。

「其中有一個你是不是送人了？」

多爾想起那根測量太陽的木枝。

「有一個被人拿走了。」他說。

「現在遠遠不只一個了。這個慾望一旦點燃，就不可能止息。它會日益膨脹，膨脹到你完全不能想像。

「再過不久，人類會開始計算他所有的日子，接著計算一日當中更小的單位，接著再細分成更小的單位——一直計算到他筋疲力盡，再也領會不到上天賜予世界的這個珍貴東西的意義。」

老人再度用木杖敲敲地面。多爾的工具瞬間化為塵土。

老人瞇起眼睛。

「你為什麼要測量白天和黑夜？」

多爾別過頭去。「我想知道，」他回答。

「想知道？」

「對。」

「那麼，關於時間，」老人問。「你現在知道多少了呢？」

「時間？」

多爾搖搖頭。他從沒聽過這個名詞。他該如何回答才好？

老人舉起一根瘦骨嶙峋的手指，在空中畫了個圈。多爾的淚漬紛紛聚攏，在凹凸不平的石頭地面形成一窪藍色水池。

「你必須學到你還沒學到的教訓，」老人說。「你必須明白計算時間的後果。」

「怎麼學？」多爾問。

「仔細去聽這件事造成的不幸。」

老人將手放在淚池上方。凝固的淚漬頓時液化為水，盪漾出粼粼波光。水面出現縷縷輕煙。

多爾看著這些，既摸不著頭緒，也悲傷得無法自已。他只想要艾莉而已，可是艾莉已經死了。他的聲音哽咽，聲低如耳語：「求求你，讓我死。我不想再活。」

老人站起身。「你能活多少個日子，並不屬於你的掌控。這也是你必須學到的教訓。」

老人雙手合掌，身體立刻縮得像小男孩，接著像小嬰兒，最後變成一個黑點騰空升起，像一隻蜜蜂一溜煙飛走。

「等一等！」多爾叫喊。「我必須在這裡關多久？你什麼時候回來？」

老人縮小的身軀已經飛到洞穴端頂。小黑點在岩壁上劃開一絲縫隙。縫隙裡落下單單一滴水。

「等到天和地合而為一，」老人回答。

說完，隨即化為烏有。

18

莎拉・雷蒙的自然學科非常高竿，

但她時常在想，這對她究竟有些什麼好處？高中生涯裡最重要的是受人歡迎，而這多半取決於你的外表。每次生物考試都能輕鬆過關的莎拉並不喜歡鏡中的自己，她猜想，別人八成也不喜歡：淡褐色的眼睛分得太開，頭髮又乾又捲，齒縫太大，外加父母離婚後不斷發胖，從此就沒甩掉過的一身垮肉。她自認上圍夠雄偉但屁股太大，而當她母親的一個朋友說：「莎拉長大後說不定很有魅力」，她根本不覺得那是恭維。

莎拉・雷蒙十七歲了，這是她高中最後一年。在大部分同學眼裡，她不是太聰明就是太古怪，甚或兼而有之。課業對她來說輕鬆容易；她總是坐在臨窗的位置以對抗無聊。她常在筆記本裡塗鴉，畫一堆噘嘴生氣的自己，而她會撐開手肘遮擋著，以免別人看見。

她一個人吃午餐，放學一個人走回家，晚上多半就跟母親窩在家裡，除非蘿倫跟她那一幫閨中密友約好外出。那群聒噪的女人，莎拉管她們叫「離婚俱樂部」。這時候，莎拉就一個人在電腦前吃飯。

她的成績在班上排名第三，正打算早早向附近一所州立大學提出入學申請。蘿倫只付得起這所學校的學費。

因為要申請大學，她才認識了那個男生。

他的名字叫伊森，

高高瘦瘦，有著一雙矇矓惺忪的眼睛，咖啡一般深的濃密頭髮。他也是高三生，很討人喜歡，身旁總是環繞一堆男生女生。伊森是田徑隊，也玩樂團。如果說高中生活是一堂天文學，照理說莎拉永遠也不會進入他的軌道。

不過，伊森每個星期六都會去某個遊民收容所替送食物的卡車卸貨，正好是莎拉當志工的那家。大學申請需要她交一篇作文，敘述「能夠發揮影響力的社區經驗」。她先前在這方面毫無經驗，為了誠實寫這篇作文，她主動請纓來這裡當志工，遊民之家也欣然讓她加入。沒錯，多半時間她都待在廚房將燕麥粥盛入塑膠碗裡，因為她跟那些無家可歸的人相處總感覺侷促不安（一個住郊區、穿鴨絨外套、用智慧型手機的女孩？她除了跟他們說「對不起」還能說什麼？）。

然後，伊森出現了。她第一天上班就注意到送貨卡車旁的他——他叔叔經營一家食品批發公司。而他也注意到她，這裡唯一年齡相近的人。他把一箱食物往廚房地上一放，主動招呼：「嗨，妳好啊？」

她將這句話當成紀念品珍藏。**嗨，妳好啊？**是他對她說的第一句話。現在，他們每星期都會說說話。有一次，她從架上拿了一包花生夾心餅乾給他，他說：「不，我不想佔去這些人的食物。」她覺得這番話好動人，甚至好高尚。

莎拉開始視伊森為她的真命天子，就跟年輕女孩時常對年輕男孩憧憬那樣。遠離學校，也遠離了誰能跟誰說話的潛規則，莎拉比較自信，腰桿也比較直挺。她不再穿她以前常穿的社會標語T恤，改換成低胸、較為女性化的上衣。如果伊森說：「今天漂亮耶，小——檸檬。」她的臉就會飛上紅暈。

幾個星期過去，她已經放膽到相信他喜歡她，而且就跟她喜歡他一樣多。

她相信這不是巧合，兩人在這樣一個不可思議的地方邂逅。她讀過伏爾泰（Voltaire）的《札第格》（*Zadig*），甚至《牧羊少年奇幻之旅》（*The Alchemist*）也都談到命運，她相信，她和伊森也是命運的安排。上星期，她鼓足了勇氣問伊森，想不想哪天出去玩玩，他這樣說：「噢，好啊。大概星期五吧？」

今天就是星期五了。**八點半！八點半！**她試著要自己冷靜。她知道她不該為一個男生這樣魂不守舍。可是，伊森不一樣。伊森打破了她自己訂的規則。

她穿著棗紅色T恤、黑色牛仔褲、高跟靴子走了兩條街，就在步步邁向這個重大時刻之際，她的手機響了。咘——達——嗶，是簡訊的聲音。

她的心怦怦直跳。

是他傳來的簡訊。

19

根據一家全國發行的商業雜誌報導，維克特·迪拉蒙在全球富豪排行榜中名列十四。

報導刊出一張舊照：維克特手托下顎，寬闊的下巴高抬，紅潤的臉龐帶笑，像是若有所思。報導指出，「這位注重隱私、濃眉銳目的對沖基金大亨」是獨生子，出生於法國，來到美國後飛黃騰達，是個由貧轉富的真實移民故事。

不過，由於他拒絕這家雜誌採訪（維克特對曝光一事避之唯恐不及），他若干童年細節被略過沒提，包括這一樁：維克特九歲時，他的水電工父親因為在海濱一家小酒館捲入一場打鬥而喪生。幾天後，他母親只穿了一件乳白色睡袍走出家門，從橋上一躍而下。

一星期不到，維克特成了孤兒。

他被送上一艘船去美國找他的叔叔。大家都認為這樣安排較好：男孩到異國生活，以免被過多的幽靈圍繞。日後的維克特將自己的理財哲學歸功於那趟渡洋之旅。旅途中，他唯一的一袋食物被幾個不良少年丟到海裡，裡面有祖母替他準備的三條麵包、四個蘋果、六顆馬鈴薯。那天晚上他哭了，為他失去的一切，但他會說，這件事教給他寶貴的一課：執著於事物「只會讓你心碎。」

因此，他極力避免感情的牽絆，而這個哲學在他累積財富的過程中正好充分發揮效用。一開始，還是布魯克林區高中生的他用夏天打工存下的錢買了兩台彈球機，寄放在本地酒吧裡。八個月後他賣掉機器，拿著多賺的錢買下三台投幣式糖果機，之後又賣掉換得五部香菸販售機。他不斷買進賣出、轉換投資，等到大學畢業，他已經成為這家販賣機公司的主人。不久他買下一個加油站，就此踏入石油業，之後又看準時機買下多家煉油廠。就這樣，他累積了遠超過他所需要的財富。

他把賺得的第一個十萬美元送給扶養他長大的叔叔。他轉戰各行各業，無所不及。他購入汽車經銷商、房地產公司、最後是銀行，一開始是威斯康辛州的一家小銀行，之後擴增到好幾家。他的投資組合獲利空前，於是成立基金，讓那些想搭他商業策略順風車的人雨露均霑。多年下來，這檔基金已成為全球價格最高也最熱門的基金之一。

一九六五年，他在電梯裡遇見葛芮絲。

那年維克特四十歲，葛芮絲三十一。她是他公司的簿記員，那天穿著一套樸素的印花洋裝，一件白色毛衣。她頸上圍了一串珍珠項鍊，淡色金髮蓬鬆綁在腦後。漂亮，也務實。維克特喜歡這樣。電梯門一關，他頷首為禮，她則低下眼睛。跟老闆距離這麼近令她感覺尷尬。

他透過公司內部通信邀她出去。他們去一家私人俱樂部共進晚餐，兩人談了幾個鐘頭。維克特得知葛芮絲結過婚，就在她高中畢業那年。她丈夫死於越戰，她從此寄情工作。維克特對此深有共鳴。

兩人搭乘豪華禮車來到河畔。他們在橋下散步。他們坐在公園長椅上，交換了兩人的初吻。對岸就是布魯克林。

電梯邂逅十個月後，他們在四百名賓客面前結為連理。葛芮絲這邊來了二十六個人，其餘全是維克特的商場夥伴。

一開始他們一起做好多事：打網球、逛博物館、四處旅行：去棕櫚灘、布宜諾斯艾利斯、羅馬。然而，隨著維克特事業蒸蒸日上，兩人共同活動越來越少。他開始一個人旅行，在飛機上也工作，抵達目的地後工作得更勤。他們不再打網球，越來越少進博物館。他們一直沒生小孩，葛芮絲深以為憾，多年來總在維克特耳邊叨念。這也是兩人越來越少說話的原因之一。

隨著時間累積，這段婚姻像是東西漏了氣。葛芮絲對維克特頗有微言，氣他沒有耐性、動不動糾正別人、喜歡邊吃飯邊看書、願意讓生意電話打斷任何社交活動。維克特則討厭她碎碎唸，而且不管什麼事都要花那麼長時間準備，害他頻頻看錶。兩人早上一起喝咖啡，晚上偶爾上館子，但一年一年過去，儘管財富有如籌碼般堆積——那麼多間房子，好幾架私人飛機——，兩人在一起的生活勿寧更像是善盡義務。做太太的努力扮演妻子的角色，做先生的亦然。直到最近，所有的不快對維克特來說都淡化了。它們全都退居到一個問題的陰影背後。

死亡。

如何避開死亡。

八十六歲生日過後四天，維克特去找紐約市立醫院的一位腫瘤科專家。

專家證實，他的肝臟附近長了一顆高爾夫球大小的腫瘤。

維克特仔細研究每一種治療方法。他向來就擔心健康問題會危害他的成功，為了尋求醫治，他不惜花費重金。他飛到各處去找專家求治。他有專屬的健康醫療團隊。儘管如此，將近一年過去，效果並不見好。今天稍早，他和葛芮絲去見主治醫師。

葛芮絲想問個問題，可是話卡在喉嚨裡出不來。

「葛芮絲是想問，」維克特代她說出口。「我還有多少時間？」

「樂觀估計的話，」醫生回答。「幾個月吧。」

死神就要來找他了。

可是他會讓死神大吃一驚。

20

第一個聲音說：「更長。」

「是誰？」多爾大聲問。

自從老人離開後，他一直在想辦法逃離這個洞穴。他四處尋找通道，對著石灰岩壁猛敲。他試著彎低身體擠進淚池，卻老是被一股氣推擠出來，彷彿池底有無數的嘴巴呼氣把他吹開。

現在卻出現一個聲音。

「更長，」它說。

但他只看到池面上的縷縷白煙，和一片藍綠光澤。

「出來！」

什麼都沒有。

「回答我！」

突然間，聲音再度出現。就兩個字。模糊的祈禱聲冉冉飄進洞穴，輕輕柔柔，低得幾乎聽不見。

「更長。」

更長的什麼？多爾好想知道。他趴在地上，瞪著粼光閃爍的池水，像個獨自成長的人，迫切地想聽到另一個人的聲音。

第二個聲音終於出現，是個女人的聲音。它說：「更多。」

第三個是個小男孩的聲音，說的話也一樣。第四個提到太陽。聲音現在來得非常快；第五個提到月亮。第六個耳語般不斷重複：「更多、更多。」第七個說：「再一天。」第八個祈求：「永無止境。」

多爾摩挲著鬍子。他的鬍子已經跟頭髮一樣，又長又亂。儘管與世隔絕，他的身體卻是照常運作，沒有食物依然得到營養，沒有睡眠依然能量不絕。多爾可以在洞裡走來走去，也能用岩壁縫隙緩緩滴落的水沾濕手指。

但他逃不開晶光閃爍的水池傳來的聲音——祈求，永遠的祈求，先是祈求日與夜、太陽與月亮，最後開始祈求幾小時、幾個月、幾年。他用手摀住耳朵，聲音依舊鑽進耳膜，震耳欲聾。

就這樣，不知不覺中，多爾開始了他的刑罰：

聽遍所有靈魂對於當初他發現的那樣東西的祈求。這樣東西，人人都渴望得到更多，這樣東西，讓人類遠離單純平淡的生活，一步步落入因為執著於擁有它而導致的黑暗深淵。

時間。

除了多爾，所有的人似乎都認為時間過得太快。

21

莎拉看著手機上伊森的簡訊。

她的心直往下沉。

「我們下星期再約好吧？今晚有事得去。遊民之家見，OK？」

她感覺雙膝發軟，彷彿木偶身上的線突然鬆開。「不！」她內心吶喊。「不要下星期，我要現在！我們說好的！我還這樣精心打扮！」

她希望他回心轉意。但簡訊需要回覆，如果她拖太久沒回，他可能會以為她生氣了。

所以，她沒表示異議，反而輸入：「**沒問題。**」

她補上一句：「**遊民之家見。**」

再添一筆：「玩得愉快。」

她按下傳送鍵，注意到時間：八點二十二分。

她靠在交通號誌桿上，告訴自己這不是她的錯，他沒來不是因為她太怪、太胖或是話太多之類的。他是有事。這是常有的事，不是嗎？

「現在怎麼辦？」她不知所措。這個夜晚像個空空的隕石坑。她不能回家。她不能在母親上床前回家。她無法解釋，為什麼穿著高跟鞋外出五分鐘後就這樣打道回府。

於是她拖著腳步走到附近一家咖啡廳，為自己點了一杯巧克力瑪奇朵和一個肉桂捲。她坐在店後面。

「八點二十二分？」她對自己說。「拜託！」

但她內心已經開始數算，距離下星期還有幾天。

22

維克特向來能夠洞察問題，找出弱點，一出手便迎刃而解。

日薄西山的企業。鬆綁的政策法令。起伏變化的市場。其中一定隱藏著一個鑰匙，只是其他人視而不見而已。

他也用同樣的方式處理死亡。

一開始他用一般的醫療對抗癌症：手術割除、放射治療、化學治療，令他虛弱又嘔吐。然而，這些治療對腫瘤雖有若干遏制作用，卻壞了他的腎，現在，他一星期必須洗腎三次。而他之所以能夠忍受洗腎流程，唯一的原因是他的首席助理羅傑全程在側，維克特因此得以掌握生意動態，隨時口授指令。只要是工作日，他一分鐘也不願錯過。他不斷看錶，不斷喃喃催促：「快點，快點。」他痛恨自己被困在這裡。被連接在一台排除血液毒素的機器上？這哪裡是他這種地位的人應該有的樣子？

他忍受著，終至忍無可忍。像維克特這樣的人事事要看最後的底線，一年後，他知道了他的底線：

他不可能贏。

靠一般的做法，他不可能贏。太多人試過。奢望一個奇蹟，是一個糟糕的賭注。而維克多不下糟糕的賭注。

他因此將注意力從疾病上移開，轉而專注於時間——對他來說，時間就快用完才是真正的問題所在。

跟其他擁有極大權力的人一樣，維克特不能想像一個沒有他的世界。他幾乎認為活下去是自己的義務。癌症只是一時的踉蹌，真正的障礙是人的難逃一死。

他該如何解決這個障礙？

他終於找到了端倪。西岸辦公室的研究員應他要求去查「永生不死」，將一疊人體冷凍的相關資料傳真過來。

人體冷凍。

將人體保存起來，以待日後復生。

把自己冰凍起來。

維克特一頁頁讀過去，終於吁出一口氣。幾個月以來，他第一次有了滿意的感覺。

他無法擊敗死亡。

但說不定他能撐得比它久。

23

那個聲音池是多爾的眼淚做成的，

但他只是第一個哭泣的人而已。隨著人類日益沉迷於時間，哀嘆時間一去不回就成了他們心中一個永遠的洞。人類因為錯失機會、日子過得沒效率而心煩意亂；他們時時憂心自己還有多久可活，因為數算生命的時刻，無可避免地就是一種倒數。不出多久，無論在哪個國家、說哪種語言，時間都成了最有價值的物品。對於更多時間的渴望成了多爾洞穴裡無止無休的合唱。

更多時間。一個握著病弱母親的手的女兒。一個在日落之前騎馬趕路的人。一個爭取天光趕著收成的農夫。一個作業成堆埋首苦讀的學生。

更多時間。一個摔爛鬧鐘的宿醉男人。一個案牘勞形、淹沒在報告裡的上班族。一個鑽在車底下的修車師傅，一旁等得不耐煩的顧客。

更多時間。億萬個聲音像小蚊蟲般環繞著多爾，那是他唯一能聽到的聲音，這讓多爾快要窒息。雖然他生在只有單一語言的遠古世界，但他被賜予了聽懂所有語言的能力，而光從繁不勝數的聲音聽來，他感覺地球已經變成一個非常擁擠的地方。人類不再只是打獵、建造；他們辛勞工作、四處旅行、製造戰爭，也常懷憂喪志。

而且，時間永遠不夠。他們祈求上天延長時間。他們的胃口無止無盡。祈求不曾稍停。

漸漸地，慢慢地，多爾開始怨恨起那個曾經讓他耗盡心神的事物。

他不明白這樣緩慢的折磨目的何在。他開始咒罵自己數算手指的那天。他咒罵那些水碗和太陽木枝。他咒罵自己：多少個時刻他應該陪在艾莉身邊、聽她說話、頭靠著頭並肩依偎，卻被他拿去做其他的事。

而他咒罵最多的，是其他人都會死亡而完成宿命，只有他，顯而易見，必須永遠活著。

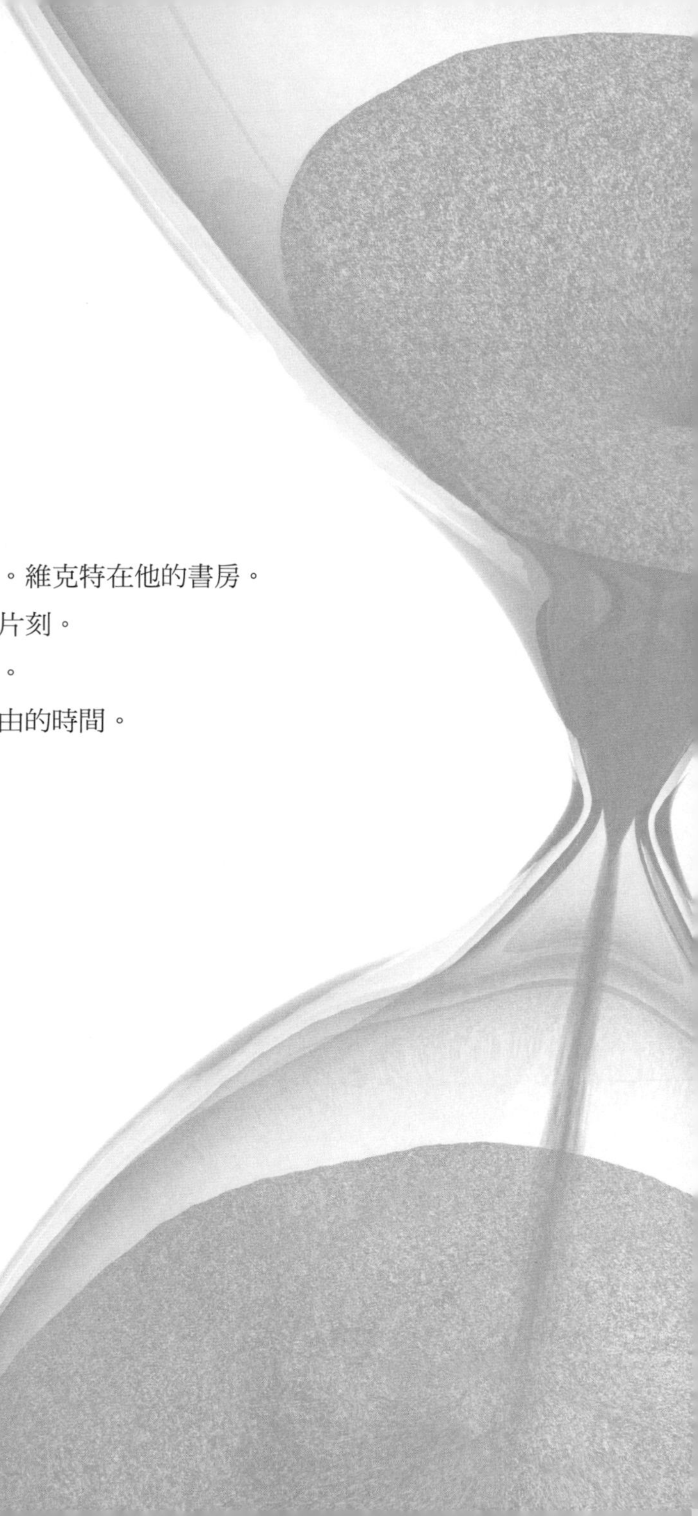

中場

莎拉在她的房間。維克特在他的書房。

這個時間。這個片刻。

我們的地球時間。

即是多爾得到自由的時間。

24

隔天早上莎拉碰到伊森，她像是若無其事。

至少她試著裝作若無其事。他穿著長袖連帽運動衫、破洞牛仔褲，腳上踩著一雙耐吉。他把一箱箱的麵條和蘋果汁搬上櫃檯。

「妳好嗎，小──檸檬？」

「還好，」她說，手裡舀著燕麥粥。

他拆箱子的時候她偷偷覷了幾眼，希望找到他何以取消約會的蛛絲馬跡。她希望他能主動提起──而她當然絕不會提。但他只是以一貫的利落拆著箱子，一面吹著口哨。是一首搖滾歌曲。

「那首歌很棒呢，」她說。

「沒錯。」

他繼續吹。

「昨晚是怎麼了呢？」

噢，我的天。她就這樣脫口問了出來？笨，超笨！

「我的意思是，其實沒有關係，」她試著亡羊補牢。

「噢，抱歉我昨天沒能——」

「沒關係——」

「時間不湊巧——」

「真的沒關係，好吧？」

「好。」

他將空箱壓扁，放進巨大的垃圾桶。

「該走嘍，」他宣布。

「沒錯。」

「下禮拜見啦，小——檸檬。」

他離去的姿勢就跟往常一樣，兩手插在口袋裡，腳跟著地一頓一頓地蹦出大門。

就這樣？她暗忖。他說下禮拜是什麼意思？是下週五晚上嗎？還是週六早上？她為什麼不問清楚？可是，為什麼每次都要她問？

一個頭戴藍色棒球帽的遊民走到窗口，端起一碗燕麥粥。

「多點香蕉好嗎？」他問。

莎拉在他碗裡加了一些——這人每星期都這樣要求——「謝謝，」他說。她輕聲回他：「不客氣。」接著取來一張紙巾，將伊森拆卸的最後一瓶蘋果汁的瓶身擦了一圈。瓶蓋鬆了，果汁流得到處都是。

25

「放在這裡面？」維克特指著問。

「是的，」男人回答。他叫杰德，是這家人體冷凍公司的負責人。

維克特瞪著那些玻璃纖維做的巨大筒柱。圓圓胖胖，高約十二呎，顏色像隔夜的舊雪。

「一個圓筒裝多少人？」

「六個。」

「所以現在有人被冰凍在裡面？」

「是的。」

「他們……是什麼姿勢？」

「頭下腳上。」

「為什麼？」

「萬一圓筒頂端出了什麼意外，最重要的是把頭保護好。」

維克握著枴杖的手一緊，試圖掩飾自己的反應。他已經習慣優雅的旅館大廳和大樓頂層辦公室，這地方的外表令他躊躇。它坐落在單調無趣的紐約郊外一個工業區；一棟磚瓦平房建築，旁邊連接一個裝卸場。

裡面同樣毫不起眼。前面幾個小房間，接著是個實驗室，冷凍過程就從這裡開始。再來是個開放的大倉庫，圓筒並肩置放，每一個裝六具人體，狀似一個室內墓園，只是地面是塑膠合成地板。

維克特拿到報告的隔天就堅持要來看一看。他徹夜未眠，安眠藥也不吃，腹痛和背痛一概不理。他將報告從頭到尾看了兩遍。人體冷凍相對而言雖是新科技（世上第一個人體被冷凍是在一九七二年），背後的理論倒也不是毫無邏輯。把死去的軀體冰凍起來。靜候科學進步。將人體解凍。讓它起死回生，有病治病。

當然，最詭異的是最後這個步驟。然而，想想他這一生當中，人類進步得多麼快速，維克特這樣想。他孩提時代有兩個表兄弟死於傷寒和百日咳，如果是今天，他們會活下來。時代已經改變。「對任何事都不要太執著。」他提醒自己，包括普遍被接受的知識。

「那是什麼？」他問。圓筒近旁有個白色木盒，分成數格，每格都有編號，裡頭裝著幾束鮮花。

「供家屬來憑弔，」杰德解釋。「圓筒裡的每個人都有個專屬號碼。訪客來就坐那邊。」

他指向靠牆一張芥末色沙發。維克特想像，葛芮絲坐在這樣一張爛沙發上。他頓時悟到，他絕不能把這個想法告訴她。

她不會接受的。門兒都沒有。葛芮絲是個固定上教堂的虔誠教徒。她不相信人可以干預命運。而他也不打算跟她爭辯。

不必爭辯。這個終極計畫由他自己決定就好。我們這輩子多半是什麼模樣，到死還是什麼模樣。而維克特打從九歲起，就已經習慣了自己做決定。

他在心裡做筆記。不要訪客。不要鮮花。他要專屬的圓筒，不管花多少錢。

如果他必須等待數百年才能復生，他也要一個人等。

26

所有洞穴都因雨而起。

這些雨水和天然氣混在一起，形成新的酸水。這些水蝕穿岩層，將小小的裂口蠶食成通道。最後——經過數千年後——這些通道就可能造出一個足夠一人出入的開口。

因此，多爾的洞穴本就已是時間的產物。不過，洞穴內，還有一種新的鐘在滴答計時。在洞穴頂端，水從老人劃出的那條縫隙裡滴落，慢慢形成一塊鐘乳石。

這塊鐘乳石繼續往下滴，落到地面沉澱固化，開始長出石筍。

如是數千年，上下兩塊石頭的尖端越靠越近，有如被磁鐵吸引。但這個過程極其緩慢，多爾因此從未察覺。

他曾經為自己能用水來測量時間感到驕傲。然而，要不是上帝一開始便已創造出來，人類是不可能發明任何東西的。

多爾就住在宇宙最大的水鐘裡面。

他從沒想到這一點。事實上，他已完全停止思考。

他不再活動。他再也沒有起身過。他雙手捧腮，文風不動，聽著那些震耳欲聾的祈求。

多爾不同於他之前的所有人類。上帝容許他不會老，也容許他不必耗用任何一口他早有定數的生命呼吸也能生存。然而，多爾的心已經碎裂。不會老並不代表活著，沒有人類接觸的他，靈魂已經乾涸。

從地球傳來的祈求聲按照指數比例增加，但多爾聽在耳裡全無差別，就像聽著落雨。他的心神因為缺乏活動而變得呆滯。他的頭髮和鬍鬚長得可笑，手腳的指甲也是。他對自己的外貌已經失去概念。過去他會和艾莉一同去大河邊汲水，兩人對著水中倒影微笑。之後他就沒再看過自己的模樣。

他拚命想抓住所有這樣的鱗爪回憶。他緊閉雙眼，努力回憶所有細節。終於，不知道在他這段苦刑的什麼時候，深陷黑暗的多爾一改死氣沉沉，將一塊石頭邊緣磨得鋒利，開始在洞壁刻起東西來。

他在地球上也刻過東西，

但無非是計算時間、數算物品、替太陽月亮刻畫記號，做世上最早的數學。

他現在刻的東西不一樣。他先刻出三個圈代表他的三個小孩，每個圈都分別取了名字；接著刻出四分之一個月亮，提醒自己對艾莉說出「她是我的妻子」的那個夜晚；然後刻了一個方格形狀，讓自己不要忘記他們的第一個家——他父親用泥磚蓋的房子——再刻一個更小的方格，象徵兩人的茅草屋。

他畫了一個眼睛形狀，讓自己永遠記住艾莉抬起眼眸時令他有如被攝去魂魄的凝視。他畫了幾條波浪線代表她的烏黑長髮，以及臉埋在她髮間時感受到的寧靜。

他一面刻繪新的圖畫，一面高聲說話。

他做的是人在一無所有的時候都會做的事。

他在對自己述說他的人生故事。

27

蘿倫知道，一定是因為男生。

要不然，昨晚莎拉為什麼要穿高跟鞋？她只希望女兒不要挑到一個跟她父親一樣的混帳。

葛芮絲知道，維克特很挫折。

他痛恨輸的感覺。讓她傷心的是，他這場對抗絕症的最後戰役，注定要敗下陣來。

蘿倫聽到前門打開。莎拉一語不發，疾奔上樓回到她的房間。

這就是母女倆現在的生活。明明住在一起，卻隔著千山萬水。

以前不是這樣的，距離現在甚至沒幾年。莎拉八年級時，她體育班的一個女生在襯衫裡塞了個排球，裝出嬌滴滴的聲音對一群男生說：「嗨，各位。我是莎拉・雷蒙，我可以吃你們的薯條嗎？」她不知道莎拉就在近旁聽得見。莎拉哭著跑回家，倒在母親懷裡。蘿倫撫摸著女兒頭髮，說：「這些小鬼都該被開除，一個不留。」

她想念被女兒視為寬慰的滋味。她想念兩人曾經那樣互相倚靠。她聽到莎拉在樓上走動，很想去跟女兒說說話。可是，女兒房門總是關著。

葛芮絲聽見維克特外出歸來。

「露絲，他回來了，」她對話筒說。「我再打給妳。」

她走到門邊，接過他的外套。

「你去哪裡了？」

「辦公室。」

「星期六也要去？」

「對。」

他蹣跚走過玄關。他還在用枴杖。她沒問他腋下夾著的黃色文件夾是什麼。她只問：「你要不要喝點茶？」

「不用。」

「要吃點什麼嗎？」

「不用。」

她想到那段他出門前會在門口吻她、一把將她抱離地面、用「妳這個週末想去哪裡？倫敦？巴黎？」這類問題愛寵她的時光。曾經，她在某個海濱別墅的陽台上說，但願她能早些遇到他，他這樣回答：「我們可以彌補過來。我們會在一起長長久久。」

她提醒自己過去曾有這樣的時光，所以她現在應該更耐心、更體恤；她不可能瞭解他現在的內心感受：來日無多，死期將屆。不管他變得多麼疏離或脾氣多壞，她決心要讓他們僅餘的有限時光盡量像兩人共同生活之初，而非那一大段毫無樂趣可言的婚姻中期。

她不知道的是，在維克特的身影消失在書房之前，他滿腦子只想到他另一世的生命。

28

人類之間以無人能理解的方式牽繫著——甚至在睡夢裡。

一如多爾看不見那些靈魂卻能聽見他們祈求，一個人偶爾也能在睡夢中看到多爾不知從哪裡冒出來的形影。

十七世紀，一幅伊莉莎白女王的肖像畫裡，一具骷髏立在她一邊的肩後，另一邊立著一位鬍鬚老人。那具骷髏明顯代表死亡，但這位神祕的鬍鬚客，據下筆的藝術家說，是時間的象徵，且是自己跑來入夢。

十九世紀，一幅蝕刻畫裡繪著另一位鬍鬚老人，這人抱著一個嬰孩，象徵新的一年。沒有人知道這位藝術家何以選擇這樣的形貌。他也告訴其他藝術同業，那個形影為他夢中所見。

一八九八年，一尊青銅像刻畫出一個較為健壯的男體，依然鬍鬚滿面，但一絲不掛，體格精實，一手持長柄鐮刀一手持沙漏，踞於圓形大廳的大鐘之上。這位鬍鬚男子的形貌是以什麼人為原型，迄今依然是個謎。

不過，世人皆稱之為「時間老人」。

而時間老人獨坐在一個洞穴裡，

雙手捧著腮。

這是我們故事的開場。從三個小孩奔跑上山說到這個寂寞的所在，一個鬍鬚男人，一個不斷冒出祈求聲的池子，現在鐘乳石和石筍之間只剩下毫釐之距。

莎拉在她的臥室。維克特在他的書房。

這個時間。這個片刻。

我們的地球時間。

即是多爾得到自由的時間。

下凡

他硬是從胸中擠出一個聲音，
像細弱的耳語那樣，終於說出話來。
「太遲了。」
老人搖搖頭。「沒有什麼太早或太遲的。
該是什麼時候就是什麼時候。」
老人露出微笑。「多爾，凡事皆有計畫。」

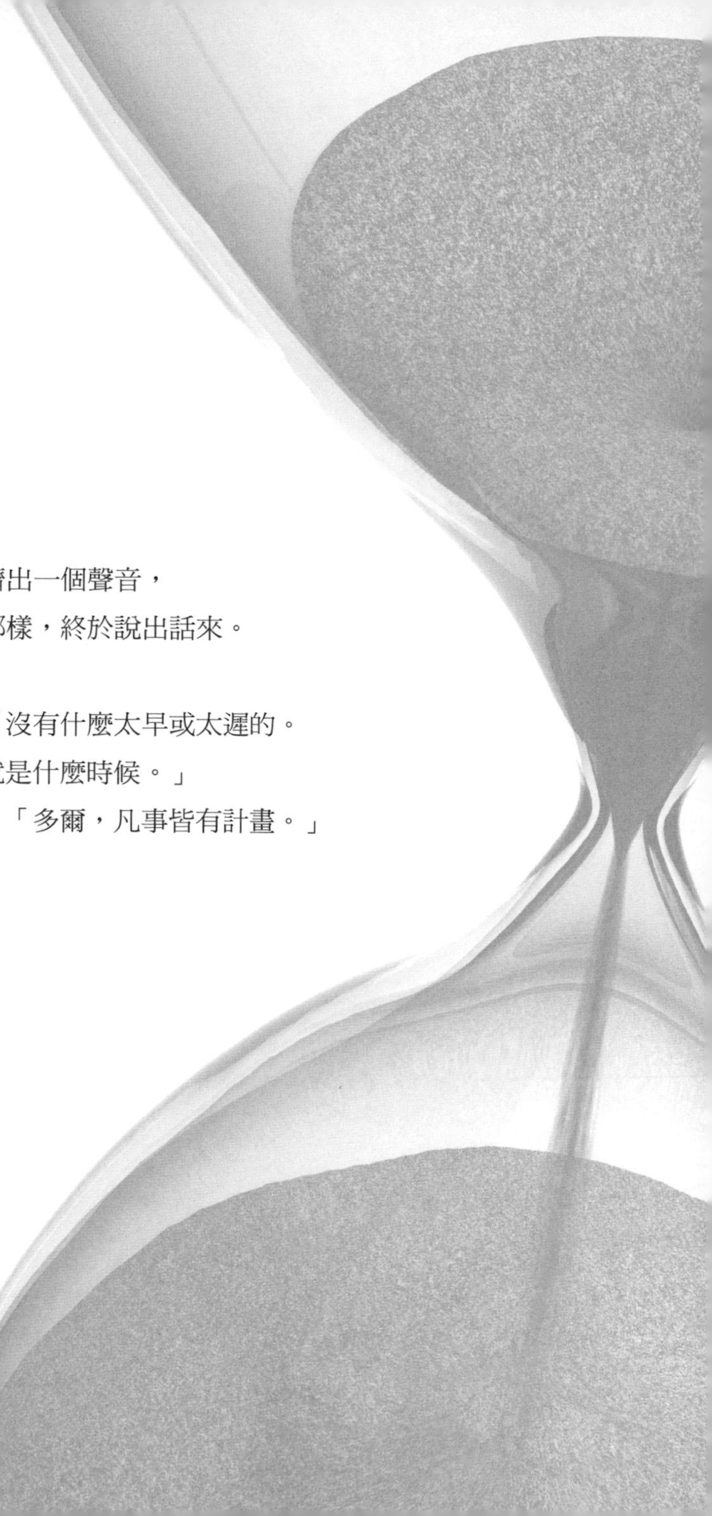

29

「關於時間，你現在知道多少了呢？」

多爾抬起頭。老人回來了。

以地球的曆法計算，已經六千年過去了。多爾張口結舌，難以置信。他試著說話，卻出不了聲；他的腦袋已經忘了聲音傳遞的路徑。

老人無聲無息地在洞穴裡走來走去，興味十足地檢視著洞穴牆壁。他看到，壁上刻畫著所有想像得到的符號：圓的、方的、橢圓、長方、直線、雲朵、眼睛形狀、嘴巴形狀，個個都是多爾回憶他一生每個時刻的印記。**這是艾莉高高拋起石頭……這是我們走到大河……這是我們兒子誕生……**

最後一個符號，在洞穴牆壁底部一角，是個眼淚形狀。這是多爾要自己永誌不忘，垂死的艾莉躺在睡毯上的時刻。

他的故事在此完結。

至少對他來說是這樣。

老人彎下腰，伸出一隻手。

他碰碰那個眼淚圖案，立刻，它變成他手指上一顆真實的眼淚。

他走到鐘乳石和石筍的交界處。兩石之間的距離只剩下一片剃刀邊緣那樣薄。

他將淚滴放在中間，看著它凝固成石，將兩塊化石連接起來。這一刻，它們成了一體。

天和地合而為一。

一如老人承諾過的。

頃刻間，多爾感覺自己從地面升起，彷彿有人用繩線將他往上拉。

所有他刻畫的圖案也都浮出壁面，如候鳥般在洞穴中盤旋，接著縮成一個小小圈環，套在兩塊鐘乳石細窄的連接點上。

只見鐘乳石和石筍化成一個透明平滑的表面，一個巨大沙漏就此成形：一個上半盅，外加一個下半盅。

裡面裝著沙，多爾從未見過那樣的沙：潔白至極，細緻無比，光滑似水。沙粒從上半盅慢慢流到下半盅，可是兩邊的沙量不見增多也不見減少。

「裡面裝載著宇宙所有的時刻，」老人說。「你曾經想要掌控時間。為了讓你贖罪，你的願望會實現。」他拿起木杖敲敲沙漏，沙漏立刻多出一個金色頂蓋與底座，外加兩根穗帶形狀的把手。接著沙漏縮小，飛進多爾臂彎。

現在，時間就握在他手上。

「去吧，」老人說。「回到人世間去。你的旅程還沒結束。」

多爾眨眨眼，茫然不解。

他垂下雙肩。曾經，光是聽到這樣的話，他就會立刻飛奔而去。而今，他的心已經空了。他再也不想要這樣的東西。艾莉已經死了，永遠死了，化為洞穴壁上的一顆眼淚。現在，生命，或是沙漏，對他能有什麼用呢？

他硬是從胸中擠出一個聲音，像細弱的耳語那樣，終於說出話來。

「太遲了。」

老人搖搖頭。「沒有什麼是太早或太遲的。該是什麼時候就是什麼時候。」

老人露出微笑。「多爾，凡事皆有計畫。」

多爾眨眨眼。老人從未喊過他的名字。

「回到人世間去。去看看人類如何數算他們的時間。」

「為什麼？」

「因為是你起的頭。你是世間的時間老人。不過，你有些事情還沒有參透。」

多爾摸摸自己已經長到腰際的鬍子。沒錯，他比任何人都活得久。為什麼他的生命還不結束？

「你替時間做了標記，」老人說。「但是，你有沒有智慧利用它呢？你有用它來珍惜、感恩嗎？用它來安定自己的心？去提升別人也讓自己被提升？」

多爾低下頭。他知道答案是沒有。

「我該怎麼做？」他問。

「你去地球上找兩個人，一個想要太多時間，一個想要減少時間。把你學到的教訓教給他們。」

「我要怎樣才能找到這兩個人？」

老人指指那個充滿聲音的池子。「仔細聽他們的痛苦。」

多爾望著那池水。他想到從池子裡飄進洞穴、何止千千萬萬的祈求。

「兩個人能夠造成多大的不同呢？」

「你也只是一個人，」老人說。「而你不就改變了世界。」

老人撿起多爾用來刻畫穴壁的石頭，將石頭壓碎，攙進塵土裡。

「只有上帝才能為你寫下故事的結局。」

「上帝把我一個人拋在這裡，」多爾說。

老人搖搖頭。「你從來就沒有一個人過。」

他摸摸多爾的臉，多爾感覺一股新的能量灌入全身，猶如水倒進水杯。老人的身影慢慢消褪。

「永遠不要忘記：上帝限制人的歲數是有原因的。」

「什麼原因？」

「完成你的旅程，你就會明白。」

30

伊森取消約會後，莎拉或許也深思過要不要再次約會。

然而，渴望的心會誘惑腦袋。因此，儘管黑色牛仔褲搭配棗紅色T恤那一晚讓她失望了，經過兩星期無聊的科學課和電腦配晚餐的夜晚後，莎拉做了第二次嘗試。該去遊民之家的一個星期六，她起了個大早，六點三十二分，打扮得像是要去參加派對。她挑了件低胸襯衫和一條有夠緊的裙子。她在臉上花了特別多時間，甚至去查了幾個教人如何抹腮紅、塗眼影的網站。想到以前老是批評母親妝太濃（「妳像是拚了老命要引人注意一樣，」她這樣抱怨母親），莎拉不免心虛，但她為自己這樣費心找了個理由：伊森這樣的男生隨時都找得到漂亮女生，而那些女生妝化得更濃、襯衫更露。如果她想擁有他，她就得改變一些習慣。

再說，反正蘿倫還在睡覺。

莎拉就這樣溜出家門，開了母親的車來到遊民之家。一路上她對自己的決定甚是得意，直到幾個遊民看到她，吹口哨說：「小姑娘，你美呆了，」她臉一紅，編了個稍晚得去參加一個活動的藉口，突然間，她感覺好荒謬。她在想什麼啊？這種事她做不來。幸好她順手帶了一件毛衣。她趕緊將它套上。

這時伊森進門來，臂膀下夾著一箱東西。莎拉措手不及，不自覺挺直腰桿，舉起手去摸頭髮。

「小─檸檬，」他點點頭，算是招呼。

他喜歡我今天的打扮嗎？

「嗨，伊森，」她說，努力讓語氣聽來輕鬆隨意，卻再度感覺悸動流竄全身。

31

維克特坐在書桌前，翻閱著黃色文件夾。他記得杰德——那家人體冷凍公司的負責人——兩星期前說的話。

「把人體冷凍想成是你航向未來的救生艇——未來醫學會突飛猛進，治療你這種疾病就像約個時間看診一樣簡單。

「你只要登上救生艇，安心入眠，等待援兵到來即可。」

維克特揉著肚子。能夠擺脫這個癌症。擺脫洗腎的桎梏。重新再活一遍。就像約個時間看診一樣簡單。

他在腦中將杰德說明的流程複習一遍。一等維克特被宣布死亡，他們就會用冰塊覆蓋住他的身體。一個幫浦會讓他的血液保持流動，避免凝結。接著，他們將防凍劑（一種生化藥劑）注入他身體取代體液，作用是防止血管結冰，這個過程叫作「玻璃化」冷凍。隨著體溫不斷降低，他會被裝進一個睡袋，接著置入一個電腦操控的冷卻箱，再挪到一個有液態氮慢慢導入的容器內。

五天後，他會被移往他最後的安息地，一個以玻璃纖維製成、稱作「低溫恆溫器」的巨大桶槽，裡頭同樣也充滿液態氮。他會以頭下腳上的姿勢被安置進去，接著就在裡面懸浮，直到，呃，誰知道要到什麼時候。

直到他的救生艇找到了未來。

「所以，我的遺體會放在裡面？」維克特當時這樣問杰德。

「我們不用『遺體』這個名詞。」

「那你們用什麼字？」

「病體。」

病體。

對維克特來說，這樣想就比較容易了。他已經是個病人。這只是個不一樣的病體。一個拖著病體的病人。就像等著長期股票基金開花結果，或是跟總是堅持無止無休、疊床架屋的文書作業的中國人談判。病體。必要的話，讓維克特當個病體也不是不行，雖然葛芮絲或許會有異議。

被冰凍個數十年，或者數百年，來換取從另一端重見天日的機會，讓生命得以接續，嗯，這個交易似乎不壞。

他在人世的時間幾乎已到盡頭。

但他可以爭取新的時間。

他撥了個電話。

「喂，杰德，我是維克特．迪拉蒙，」他說。「什麼時候方便來我辦公室一趟？」

32

多爾在洞穴裡度過了無數個世紀，這段期間，他試過各式各樣的脫逃方法。

而現在，他兩手捧著沙漏，呆立在池邊等待。他直覺上知道，這是他回返人世的唯一途徑。

這件事真的有可能完結嗎？這個無邊無際的拖磨？他想。等待他的是個什麼樣的世界呢？他已離開人世多久了呢？時間老人完全沒有概念。

他思索著老人告訴他的話。**仔細聽他們的痛苦。**他低頭看看粼光閃爍的池面，閉上眼睛，果然聽到兩個聲音，一個發自某老人，一個發自某少女，在一片喧囂聲中特別入耳：

「再一輩子的時間。」

「叫它停下來。」

突然間，一陣疾風呼嘯掃過洞穴，彷彿被正午的太陽灑遍，洞穴牆壁霎時大亮。多爾將沙漏緊抓胸前，人往後躲，接著朝池子上空一躍，嘴裡低喚著唯一能真正為他帶來寬慰的兩個字。

「艾莉。」

他的身體直直穿池而過。

多爾跌落在半空中。

他忽而頭下腳上，忽而頭上腳下，沒多久就墜入一團充滿強光和顏色的濃煙密霧裡。他看到人體和臉孔在眼前忽焉而過，是那些被摔出尼姆高塔的人；只是那些人都往上飛，只有他在往下跌。他把沙漏抓得更緊，墜落的速度更快，現在的他周遭是更強的光、更刺目的顏色，風像草耙的利刃劃破他的皮肉，他相信光是那種高速就足以將他撕成碎片。他穿過刺骨的冰寒，火燒般酷熱，穿過狂風暴雨、翻飛大雪，接著是沙，鋪天蓋地的沙，打在身上像痛打、似鞭笞的沙，翻滾著他、覆蓋著他，終於，像沙粒在沙漏當中落底那樣，那些沙也讓他落到了底——他直線墜落，直到整個人戛然而止。

沙子飄走了。

他感覺自己懸掛在什麼東西上。

他聽到遠處傳來音樂和笑聲。

他已經回到地球。

地球

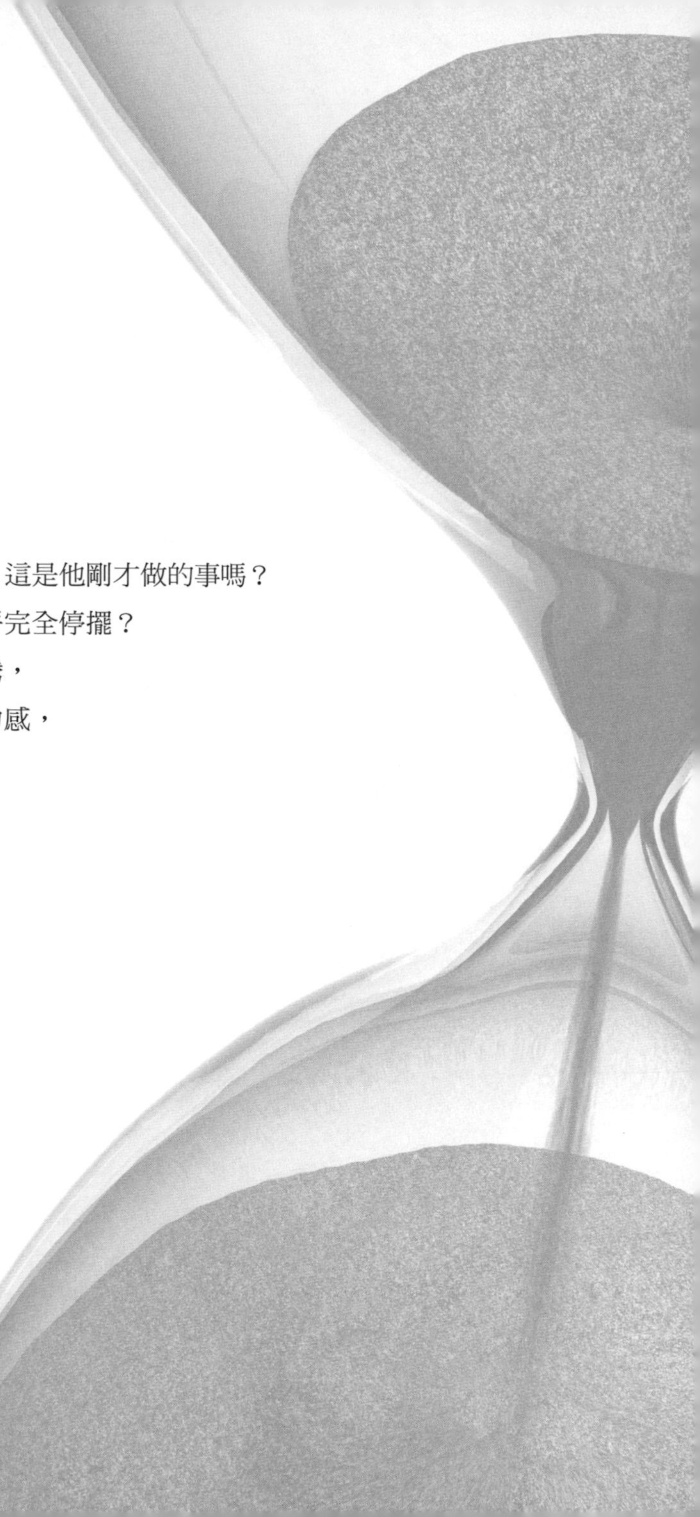

多爾睜大了眼。這是他剛才做的事嗎？
讓整個世界幾乎完全停擺？
他內心一陣翻騰，
那股巨大的權力感，
令他不寒而慄。

33

蘿倫需要香菸。

她走進商店街，經過一家美甲店。她記得帶女兒來過一次，那年莎拉十一歲。

「我可以搽紅寶石的顏色嗎？」莎拉問。

「當然可以，」蘿倫說。「那腳指甲呢？」

「我也可以搽腳指甲嗎？」

「有什麼不可以？」

一個女人將莎拉的腳泡在一個小水桶裡，蘿倫看到女兒驚喜的表情。她意識到，因為她上班，湯姆總是遲歸，女兒幾乎沒受過什麼人的愛寵。當莎拉轉過頭來，帶著燦爛笑容說道：「媽，妳腳指搽什麼顏色我就搽什麼顏色，」羅倫發誓，母女倆以後要常來。

她們沒再來過。離婚改變了一切。蘿倫走過美甲店，從窗戶看到許多座位空著，但她知道，與其跟母親並肩坐著修指甲，莎拉現在寧可被抓去坐牢。

葛芮絲需要雜貨。

她大可寫張購物單，找個下人去買就是。「這些雜務妳不用管，」維克特總是這樣告訴她。然而，一天一天過去，她發現這些雜務鯨吞了許多人的日子，卻在她的日子裡留下一個空洞。慢慢地，她把這些雜務攬回自己身上。

她推著購物車，在超級市場的貨架之間走動。她從生鮮部門挑了芹菜、番茄、黃瓜。過去這幾個月，為了替維克特準備健康飲食——毫無加工、百分之百的有機餐——她又開始下廚，希望透過較佳的飲食為他多爭取一點時間。她知道，這純粹只是個小小心意，螳臂擋車罷了。然而，她能抓住的也只有希望而已。

她告訴自己，今晚要吃健康沙拉。然而，當她經過冰淇淋區，還是抓了一小盒薄荷巧克力，維克特最喜歡的口味。如果他一時興起想縱容自己，她也會有所準備。

34

西班牙小鎮，一個十二月慶典。

街頭音樂家群聚廣場，在餐桌之間穿梭；桌上擺滿西班牙小點心：蝦、鯷魚、馬鈴薯。廣場中央一座噴泉，裡面裝著對未來充滿憧憬的情侶扔進去的銅板。坐在池邊的遊客，腳伸在水裡晃啊晃。

噴泉近旁有個三夾板基座，吊掛著一個硬紙板做成、真人大小的人型牌，上頭繪著一個手持沙漏的鬍鬚男人。「時間」，招牌以西班牙文寫著。「時間老人」。一根黃色塑膠球棒擺在立牌底下。

每隔幾分鐘，就有人走過來用球棒揮打這個人型牌。這是傳統；揮別舊的一年，歡迎新年進駐。旁觀的人會大喊：「加油！加油！」接著又是笑又是敬酒。

一個小男孩掙脫母親的手，跑向人型牌。小孩拿起球棒看看母親，希望獲得首肯。

「去吧……去吧……」他母親揮揮手，高聲回應。

這時候，太陽從雲後露出臉來，一道奇怪的光籠罩住整個村落。一陣狂風驟起，颳得整個廣場都是沙。男孩一點也沒在意。他使出全力，對準人型牌將棒子揮了一圈。

砰。

人型牌的眼睛驀地張開。

男孩放出尖叫。

被懸掛在三夾板牆面的多爾，感覺腰際一陣劇痛。

他睜開眼睛。

一個小男孩開始尖叫。

尖叫聲嚇壞了多爾，他倉皇往後逃躲，用來固定人型牌的兩根釘子被他袍子一扯，應聲而落。他跌倒在地，沙漏也掉落在地。

男孩的尖叫瞬間止息。事實上，它還是持續不斷，只是聲音變弱，猶如喇叭拉著長長的尾音。多爾奮力站起身。他周遭的世界被放慢了，彷彿進入夢境狀態。男孩的臉停頓在尖叫中途。黃色球棒懸浮在半空。噴泉邊的人像是比手畫腳，卻是動也沒動。

多爾撿起沙漏。

拔腿就跑。

一開始，他以最快的速度低頭狂奔，希望沒有人注意到他。可是，他是唯一在動的東西。整個世界都被按下了暫停鍵。風不吹。樹枝不搖不擺。多爾看到的人幾乎都是凍結狀態：一個男人正在蹓狗；一群朋友手持酒瓶，站在酒吧門外。

多爾慢下腳步，四下張望。以我們的標準來看，他置身的所在是個西班牙村落的偏遠鄉間，但對多爾而言，他一輩子也沒看過這麼多人、這麼多建築。

裡面裝載著宇宙所有的時刻，老人這樣告訴過他。多爾細看沙漏裡的沙。那堆沙也慢得幾乎如停頓，只有幾粒緩緩落著，彷彿有人堵住了它的流動。

多爾拿著沙漏，足足走了好幾哩路。天空裡的太陽幾乎沒移動過。

他的影子在他身後亦步亦趨，其他所有東西的影子則像是被畫在地上。等他來到一個更荒涼的區域，他爬上山丘，席地而坐。爬山令他想起艾莉，他好想念那個舊世界：空曠的平野，泥磚砌的家，甚至它的寂靜。在這個新世界裡，他不斷聽到一種嗡鳴，就彷彿千百個聲音被碾碎後揉成的一個音符。他要到後來才知道，一個片刻被放慢時就是這種聲音。

多爾看到山下有一條路，顏色似炭，又平又直，中間有一條白線。他心想，要把路面鋪得這樣平，不知得動用多少個奴隸。

你曾經想要掌控時間，老人這樣說過。為了讓你贖罪，你的願望會實現。

多爾想到自己如何來到地球，如何跌倒後不小心把沙漏掉落在地。就在那個瞬間，一切都變了。

說不定……

他陡地將沙漏偏斜一邊，接著又回正。

沙子開始自由流動。嗡鳴聲停了。他聽到一聲「咻」，接著又一聲。他往山下一望，看到車輛沿著那條路飛馳而過，但由於他沒有車的觀念，只能想像那是一種動物，移動速度快得匪夷所思。他迅速將沙漏回正。

所有的汽車頓時停在原位。

嗡鳴聲又回來了。

多爾睜大了眼。這是他剛才做的事嗎？讓整個世界幾乎完全停擺？他內心一陣翻騰，那股巨大的權力感，令他不寒而慄。

35

這個夜晚開始得尷尷尬尬，但酒精改變了氣氛。

伊森帶了一瓶伏特加來。莎拉裝作見怪不怪。雖然平日她滴酒不沾，但她馬上啜了一小口。就算是班上第三名的女生也知道，她得假裝喝過伏特加才算上道。

兩人坐在他叔叔的倉庫裡；是伊森的主意，因為他一直三心兩意，直到八點十四分才傳了個簡訊：「如果妳想來，到我叔的店見。」伊森從貨架上抓下一瓶橘子汁，兩人拿著紙杯攙在酒裡喝。他們席地而坐，取笑一個兩人都承認有看的白癡電視節目。伊森還喜歡看動作片，尤其是主角穿西裝打領帶戴太陽眼鏡的「ＭＩＢ星際戰警」系列。莎拉附和說她也喜歡，其實她根本沒看過這些電影。

她穿著那天早上她穿去遊民之家的低胸襯衫，心想他一定會喜歡，果不其然，他似乎頗為注意。她的手機一度響起（是她母親打來的，**老天！**），見她扮了個鬼臉，伊森說，「讓我看看。」隨即拿起她手機設定了一個特別鈴聲，一段尖銳刺耳的重金屬音樂。如果是她母親打來，這個訊號就會響。

「妳聽到是她，就別去理它，」他教她。

莎拉大笑。「噢，太好了。」

之後的事就很模糊了。他主動提議替她按摩肩背，莎拉欣然接受；他雙手放上她的肩，她一陣戰慄，接著就融化了。她緊張兮兮地試著找話說，說自己在學校其實沒什麼朋友，因為那些人好像都好幼稚，他就說，是啊，很多高中生真的有夠廢物，她又說很擔心自己進不了大學，結果他的手探得更深，嘴裡說她那麼聰明，申請哪家大學都穩上的，讓她聽了心情大好。

接下來就是親吻。她永遠不會忘記那個吻。她感覺到他呼在頸後的氣息，於是臉向左轉，他的嘴卻挨向她右邊，於是她轉回頭來，兩人的臉幾乎撞在一起——它於是發生了。就這樣發生了。她閉上眼睛，老實說，幾乎快要昏倒（她母親常用「心醉神迷」這個形容詞，莎拉隱約感覺就是這樣），他再度吻她，這回更用力；他將她整個人轉過來抱入懷裡，莎拉記得自己這樣想：**我，他在吻我耶，他喜歡我！**

然而，最初的溫柔開始變得有點粗暴，他兩隻手在她身上到處遊走，她緊張地推開他，因為尷尬，她不得不以笑來掩飾。

他在她紙杯裡倒入更多的伏特加和橘子汁，她一口飲盡，雖然她真不該這樣。關於那天晚上的其他，她只記得自己一直笑、一直推開伊森，而他一直來拉她，兩人又開始親吻。伊森動作更大更猛，她抽開身又去喝酒，就這樣不斷重複。

「別這樣，」伊森說。

「我知道，」她已口齒不清。「我也想，可是……」

他終於撤退，灌了更多伏特加後，靠著牆壁幾乎睡著。不久，兩人各自回家。

可是現在，

週一上午七點二十三分，莎拉啃著全麥吐司的皮，不知道自己做得對還是不對——還是因為做了對的事而把事情搞砸了。她知道，相較於伊森，他是帥男而她不是美女，她思索著自己該為這一點對他表現出多少「感激」。他們親了嘴，很多遍；而且他想要她。**有人要她耶**。這是最重要的。她不斷看到他的臉。她想像兩人下回相聚的畫面。終於，她枯燥乏味的人生有了盼望。

她將餐盤往水槽一放，急忙翻開筆電。她上學快遲到了——莎拉從來沒有遲到過，可是聖誕節就要來了，她突然有股衝動，好想替伊森買個禮物。他說過，「ＭＩＢ星際戰警」的主角戴著一種酷炫的特製手錶。說不定她可以幫他買一個。他會喜歡的，對不對？這東西只有她想得到。

她告訴自己，她不過是貼心而已。聖誕節就是聖誕節。但在她內心深處，這是個簡單的方程式。

她替心愛的男生買禮物。

他就會以愛回報她。

36

你能想像擁有無限的時間去學習嗎？

如果你能凍結一輛行駛中的汽車，對它研究個幾小時；如果你能遍覽博物館、觸摸裡頭所有的文物，而警衛對你一無所覺？

這就是多爾探索這個世界的方式。他利用沙漏的力量，視他的需要將時間放慢，雖然他絕不可能讓時間完全靜止。他可能花上幾個鐘頭探究一列火車，這段期間火車或許只有走了一吋，但他可以輕易讓人定在原地，任他在身旁繞來繞去，碰碰他們的外套、鞋子，戴戴他們的眼鏡，摸摸男人刮得乾乾淨淨的臉。這跟他那個男人普遍蓄鬍的時代可是大相逕庭。這些人完全不會記得他來過，只知道他們的視界裡曾有電光石火一閃而過。

就這樣，多爾漫遊在這個西班牙鄉間，過著濃縮數日於片刻的生活。他也去鄰近地區、咖啡店和商店探險，找到了適合他體型的衣服（他喜歡套頭的；鈕釦和拉鍊讓他感到困擾）。有一次，他信步走進一家不起眼的磚瓦建築，屋外的西文招牌寫著：理髮店。他在長鏡前注視良久，突然放聲驚叫。

他這才瞭解，他所看見的其實是鏡子裡的自己。

多爾已經六千多年沒有看到自己。

他走近鏡子，在一個商人和一名女設計師身邊站定。商人坐在高高的旋轉椅上，設計師兩手伸在抽屜裡。多爾先看看那男人的反影：藍西裝、酒紅色領帶，頭髮很短、很黑、很濕，再看看自己蓬頭垢面的身影。多爾儘管長髮飄垂、鬍鬚茂密，看來還是比身旁的商人年輕。

在這個洞穴裡，你絲毫不會老。

我不配得到這個恩賜。

這不是恩賜。

他往後退，蹲在櫃檯後面，將沙漏一偏。

一切恢復生氣。設計師從抽屜裡取出剪刀，對商人說了什麼，商人聞言大笑。她抓起他頭髮，開始動剪。

多爾躲在櫃檯後頭窺看，看得入神。她的動作那樣利落，剪刀喀嚓喀嚓，一撮撮頭髮應聲而落。突然，有人打開音響，音樂爆出，節奏有如天崩地裂。多爾緊緊摀住耳朵。他沒聽過這樣吵的東西。

一抬頭，他看見一個胖胖的中年婦女頂著滿頭塑膠捲子，正俯身看著自己。

「你在做什麼？」她大聲質問。

多爾抓起沙漏，女人連同其他所有人的動作頓時停緩，慢得幾乎像是凝結。

他站起身，繞著女人走了幾圈（女人嘴巴依然張得大大的），接著走向設計師。

他取下她手上的刀剪，將尖刃朝亂鬚底部一插，開始剪去他留了六千年的鬍子。

37

「我要你來，是想將規則改改。」

維克特替杰德倒了一杯冰水。兩人面對面，隔著長桌而坐。雖然不情不願，維克特現在開始坐輪椅了（他的步履已經太過不穩），而為了便於他行動，辦公室的家具已重新擺設。

「依照現行的法律，冷凍過程一定要在我法定死亡之後才能開始，對吧？」

「對，」杰德回答。

「不過，你應該同意，科學界也會同意，如果冷凍在心臟和大腦停止運作之前就開始，人體保存的機率會高出很多。」

「理論上……是沒錯，」杰德握緊水杯。他臉上現出狐疑的表情。

「我要測試這個理論，」維克特說。

「迪拉蒙先生——」

「聽我說完。」

維克特將自己的計畫解釋一遍。他現在唯有靠洗腎才能維持生命。靠那部龐大機器排出毒素，將血液洗滌乾淨。如果他停止洗腎，不出多久就會死。幾天吧。頂多一兩個星期。

「在我死亡的那一刻，有個醫生會證實我器官衰竭，法醫會開具死亡證明，接著開始冷凍，對吧？」

「沒錯，」杰德說。「可是——」

「我知道。事情發生的時候，所有相關人等都必須在你的公司現場。」

「是的。」

「或者說在事情發生之前。」

「我不懂。」

「在事情發生之前……」他等著對方會意過來。「就假設事情已經發生了。」

「可是，這樣你就必須……」

杰德沒往下說。維克特動動下巴。他相信這人開始懂了。

「有錢，」維克特說。「能使鬼推磨。」他十指交叉。「沒有人會知道。」

杰德依然沒作聲。

「我看過你的設備。非常的，呃，你別誤會我的意思，非常的——寒酸？」

杰德聳聳肩。

「要是你手上有個幾百萬，那一定很好用，對吧？就當作是個滿意的客戶的贈與？」

杰德吞吞口水。

「聽好，」維克特壓低聲音，換了一個比較和善的語氣。「我是一隻腳已經進墳墓的人了。差幾個鐘頭有什麼關係呢？

「而且，我們就老實說吧，」他湊得更近些。「你難道不想看到你的成功機率提高嗎？」

杰德點頭。

「我也想。」

維克特滾動輪椅來到書桌旁，打開抽屜。

「我已經要我那些法律顧問草擬了一份文件，」他說，拿出一個信封。「希望它能幫你下定決心。」

38

剪短頭髮，穿上現代衣服，多爾看來比較像是屬於這個世紀的人。

而他在探索這個世界的同時也善用沙漏，讓自己與現代有過幾次短暫的即時交集。他多半將這樣的時刻當作必要的踏腳石，例如學習字母，這時的他就坐在成人教育班的語言教室後面聽課。學完字母後學拼字，拼字之後是字彙，而時間老人因為聽得懂地球所有的語言，其他就交給他的腦袋就好。

等他學會讀書認字，所有的知識便唾手可得。

他埋首於馬德里的一座圖書館裡，讀完了三分之一以上的藏書。他研讀歷史、文學，也研究地圖和大本的攝影畫冊。只要轉動一下沙漏，他幾分鐘即可完成這些事情，雖然以真正的時間計算，數十年已經過去。

從圖書館出來，多爾再度轉動沙漏，看著夜幕籠罩。他帶著讚嘆，看著他從書上讀到的電，如何延展人類的清醒時間。過去多爾只知道煤油燈或火能帶來光亮，如今街燈讓整個城市恍如白晝。多爾從街燈下走過，沐浴在昏黃的光暈裡。他竟夜不眠，以無比的心醉神迷，癡望著這些燈泡。

到了早上，他再度讓太陽暫停，

信步漫遊。他越過那片西班牙平野，沿著法國最大的河流散步，穿過比利時和德國的蒼鬱森林。他看到許多古代廢墟和現代的大體育場，也在摩天大樓、教堂、購物中心之間尋幽探祕。

不管去到哪裡，多爾都會尋找計時儀器。老人說得沒錯。多爾或許是世上第一個計算時間的人，但人類已將他的簡單木枝和水碗的概念無限延伸，發展出難以勝數的計時工具。

多爾把所有這些計時儀器都摸得熟透。在杜塞朵夫博物館，他將警衛凍結在數呎之外，自己將展館裡所有的古董鐘一一拆解，研究那些彈簧和發條。在法蘭克福的一個跳蚤市場，他找到一個時鐘收音機：你壓住按鈕，就能讓時間前轉或後轉的那種。多爾按下後轉的按鈕，看著時間慢慢往下減；星期三、星期二、星期一，心想要是自己能夠就這樣按住直到回返家園，那該有多好。

你是世間的時間老人。

難道這一切真是他的責任？多爾想到他在洞穴裡受苦的無數個世紀。他心想，是不是每個注意時鐘的人都必須付出若干代價。

最後，多爾來到海岸邊。

他在德國魏特希佛（Westerhever）看到一座燈塔。他在書上讀過燈塔和北海。他轉動沙漏，看著浪潮戛然中止，再將沙漏轉回。

多爾關於現代世界的學習頗為徹底。他曾經花了百年時間觀察一個整天。

他傾聽風聲。他聽到了他必須聽到的聲音。

「再一輩子的時間。」「叫它停下來。」

他走入靜靜的海水。

開始游泳。

39

多爾游過了大西洋，花了他一分鐘的時間。

他離開德國的時候是晚間七點零二分。等他游到曼哈頓，是午後一點零三分。嚴格說來，根據我們的時鐘，他是倒退著時間游泳。

當他在海水裡載浮載沉，他既不感覺寒冷也不感覺疲勞，全然放任心思馳騁。他想到他見識過的所有東西、生命中出現過的人，想到已經湮逝數千年、他一直沒有機會說再見的人。他的父親。他的母親。他的孩子。他心愛的妻子。

完成你的旅程，你就會明白。

他不知道他什麼時候才會完成旅程。他不知道他必須學到什麼教訓。而在他交替著手臂一步步划過大洋的同時，他想得最多的是：他什麼時候才會死，就跟所有人一樣。

多爾游到了陸地。他在一個船塢邊登上了岸。

一個頭戴棒球帽、滿腮鬍碴的碼頭工人看到他。「嘿，老兄，你發什麼神經——」

那人沒能說完。

多爾轉動了沙漏。他抬頭瞪著廣袤的天際線，知道自己來到了一個他不曾來過、奇怪無比的地方。

紐約市隱隱在目，

儘管多爾在歐洲研究了一百年，這個大都會還是以無可想像之姿出現在他眼前。建築更為高聳，稠密得連呼吸的空間都沒有。還有，那麼多人。光是人的數量就嚇死人。群聚在街角。流溢在商店門口。就算多爾借助沙漏讓整個城市放慢，要穿過摩肩接踵的人群還是很不容易。

他需要衣服，於是從一家叫作 Bravo！的商店拿了長褲和一件黑色高領套頭衫。

他在一家日本餐館的衣架上找到一件合適的外套。

多爾穿梭在巨大的摩天大樓之間，油然想起尼姆的高塔。他心想，人類的野心是不是永遠沒有窮盡。

城市

不令人意外地，他選擇了一個地方，
既能靠他的知識安身立命，
又能永遠被時間環繞。
鐘錶店。
他在這裡等待兩個指針返家。

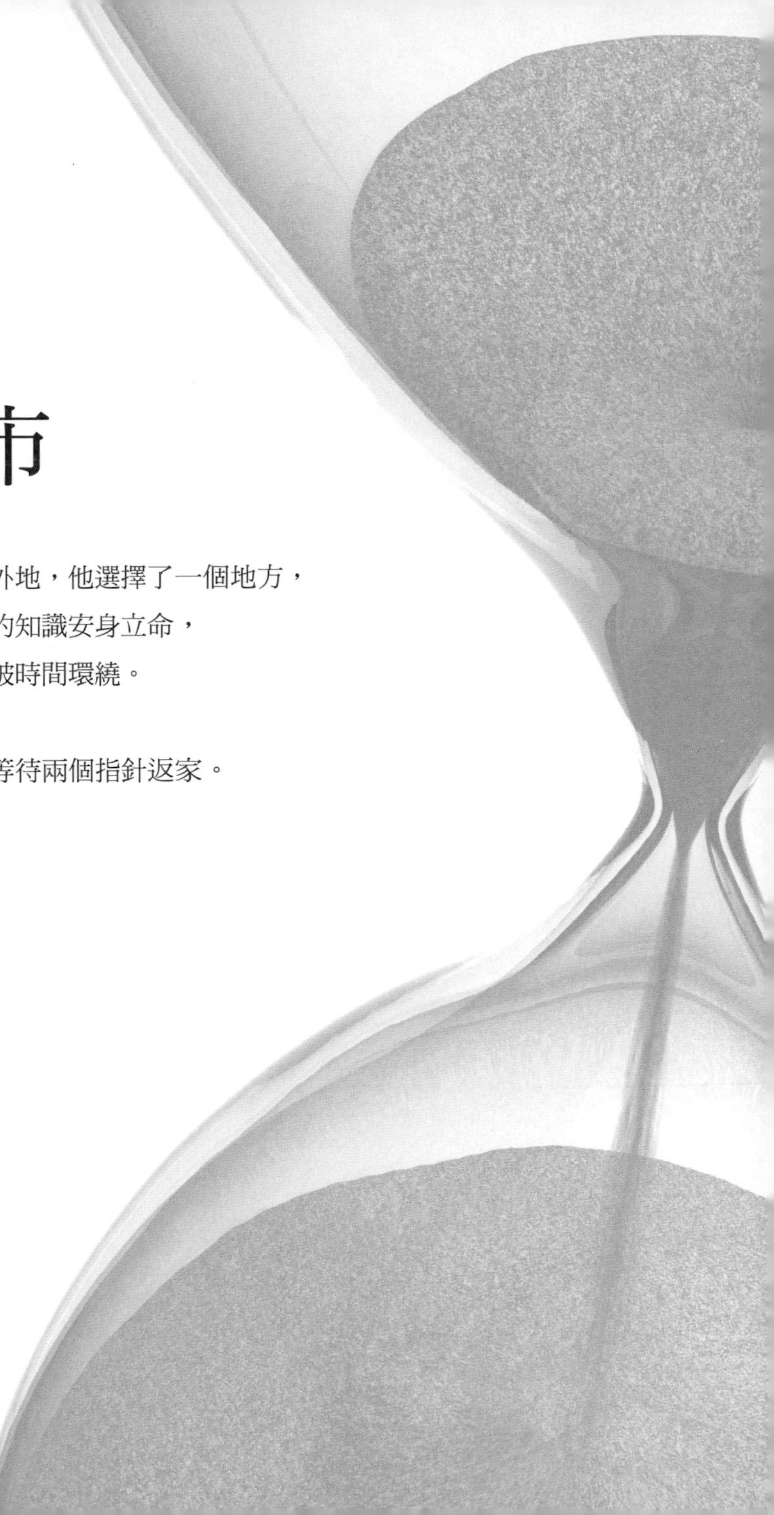

40

時鐘的指針會自己找路回家。

從多爾第一次替太陽的影子做記號的那一刻起，這就是不變的真理。

從成天坐在沙堆裡的幼年開始，多爾便能預知明天會有個時刻跟今天一樣，後天也會有個時刻跟明天一樣。繼多爾之後，世世代代都決心讓這個概念發揚光大，好讓他們的人生刻度計算得更為精準。

門口安置著日晷。城市的廣場建起巨大的水鐘。隨著時代推移，以重錘驅動、有擺桿機軸的機械鐘出現，接著是塔鐘和老爺鐘，再演變到可以放在架上的時鐘。

後來法國一位數學家用一根繩子將計時器綁住，掛在自己手腕上。從此，人類就開始把時間帶在身上。

精確度以令人心驚的速度向前邁進。雖然分針遲至十六世紀才告問世，到了十七世紀，擺鐘已經準確到一日誤差不超過一分鐘。之後一百年不到，一日誤差已經不超過一秒鐘。

時間成了一門工業。人類把世界切割成多個時區，好讓交通運輸有個明確的時間表。火車準時離站，分秒不差；船隻引擎不斷推進，以確保準時抵達目的地。

鬧鐘鳴響催人起床。商家恪遵「營業時間」。每個工廠都有鳴笛，每間教室都有時鐘。

「現在幾點？」成了全世界最普遍的問句，每一本外語學習書的第一頁都看得到它的蹤跡。What time is it? Qué hora es? Skol'ko syejchas vryemyeni?

因此，當多爾（這個世上真正問出這個問句的第一人）來到這座決定他命運的城市——這座有「**再一輩子的時間**」和「**叫它停下來**」的聲音飄在風中的城市——不令人意外地，他選擇了一個地方，既能靠他的知識安身立命，又能永遠被時間環繞。

鐘錶店。

在這裡等待兩個指針返家。

41

維克特的豪華禮車緩緩駛過曼哈頓下城。

車子轉進一條鵝卵石鋪地的街道。街角處，有一家狹小的店面。一張草莓色的遮雨棚寫著街址，卻沒有店名，只在前門上刻著一個太陽和一個月亮。

「果園街一四三號，」司機唸出地址。

維克特兩名部屬先下車，將他扶進輪椅。其中一人撐住店門，另一人推他入店。維克特聽到店門鉸鍊發出吱嘎聲響。

店裡瀰漫著陳腐又封閉的氣味，彷彿屬於另一個時代。櫃檯後頭站著一個面色蒼白的白髮男人，看來頗有點年紀，穿著藍襯衫格紋背心，金絲框眼鏡掛在鼻樑中央。維克特覺得那人是德國人。拜多年來四處旅行之賜，他很會辨識國籍。

「Guten tag.」維克特以德文問好。

那個男人微微一笑。「您是德國人？」

「不是。我只是猜想你是。」

「這樣啊。」男人挑挑眉毛。「需要我為您找什麼嗎？」

維克特滾動著輪椅，挪近店內存貨細細打量。他看到各式各樣的鐘。老爺鐘、壁爐鐘、配有玻璃旋轉門的廚房鐘、附鐘的檯燈、校鐘、會鳴響的鐘、有鬧鈴的鐘、狀似棒球的鐘、形似吉他的鐘，還有個鐘甚至是貓的造型，鐘擺是貓尾形狀。更別提那些鐘擺！牆壁上、天花板上、玻璃櫃後，各式鐘擺來回擺動，滴答滴答、滴答滴答，彷彿這個地方正隨著每一秒鐘忽左忽右移動。一隻布穀鳥冒出身影，在棲桿上旋轉著宣示牠的到來，另外十一隻布穀鳥跟著敲出十一響。維克特看著那隻鳥縮回門內。

「我要你們店裡最古老的懷錶，」他說。

老闆咂咂上唇。

「您的預算？」

「多少都沒問題。」

「那……請稍等。」

他走到屋後，低聲對一個人說了什麼。

維克特等候著。現在是十二月，距離他最後一個聖誕節還有幾個星期，他決定替自己買一隻錶。他會要求冷凍公司的人在他被冷凍的那一刻將錶撥停，等他踏足於那個新世界，他再讓它啟動。他喜歡這些象徵性的小動作。再說，這筆投資怎麼看都划算。一個今天的古董物件，幾個世紀後會更值錢。

「我的學徒可以幫忙，」老闆說。

一個男人從屋後走出來。維克特猜測這人約莫三十來歲，身材精瘦，一頭凌亂的黑髮高低不齊。那人穿著一件黑色高領衫。維克特試著猜測他的國籍。顴骨厚實，鼻子有點扁。中東人？還是希臘人？

「我要你們店裡最古老的懷錶。」

那人閉上眼睛，像是陷入長考。向來缺乏耐心的維克特望了老闆一眼，老闆只是聳聳肩。

「他懂得很多，」老闆輕聲說道。

「嗯。最好別讓我等上一輩子，」維克特說。他暗自笑出聲來。「或是再一輩子的時間。」

再一輩子的時間。

男人眼睛猛地張開。

42

這星期在遊民之家，伊森好像沒那麼專心。

莎拉告訴自己，這可能是出於任何原因。他說不定很累。她把一包花生夾心餅乾用紅色蝴蝶結包起來，想逗他開心。她暗自希望能得到一個吻。然而，伊森看到它只淡淡一笑，說：「噢。謝謝。」

她還沒提到兩人約會的那晚，因為她不知道要說什麼。她不好意思承認，因為酒精的關係，她其實不記得那晚所有的細節（她可是曾在英文課堂上把整本《坎特伯利故事集》[3]背下來的莎拉．雷蒙）。更何況，關於那個夜晚，她想一切應該盡在不

③ 譯註：*Canterbury Tales*，英國大詩人喬叟（Geoffrey Chaucer）以中世紀英文所寫的韻文故事集，但未完成。

言中。

於是她試著做些正常交談，例如她覺得他們共有的特點，就像兩人尚未有身體接觸之前那樣。可是，事情有點不對勁。不管她提什麼話題，伊森都用簡短的回答一刀切斷。

「出了什麼事嗎？」她終於問道。

「沒事。」

「你確定？」

「我只是累斃了。」

兩人陷入沉默，繼續拆箱。莎拉突然衝口而出：「那瓶伏特加不錯。」但話一出口，連她自己都覺得好假。伊森咧嘴笑笑，說：「一醉解千愁嘛！」莎拉跟著大笑，只是笑得過於大聲。

伊森臨走，揚揚手說：「下禮拜見。」她原本指望他會加一句「小──檸檬」。她只是想聽他說這三個字，可是他沒說，所以她聽到自己說「小──檸檬」，接著她腦中閃過，**噢，老天**，我有大聲說出來嗎？

「噢。小──檸檬，」伊森說完，隨即走出大門。

那天下午，莎拉沒告訴母親，逕自從帳戶裡提了錢，搭了一小時的火車來到紐約市區。她要去為他買那支特別的錶。

有時候，當你得不到自己渴望的愛，你會以為付出就能讓你得到。

43

維克特必須承認，那個學徒是有兩把刷子。

他替他找到一款一七八四年出品的懷錶；十八K金鑲邊，錶殼繪著星空，星空下有三個人：父親、母親和小孩。白色琺瑯的錶盤上，浮凸著羅馬數字。指針是銀製的。這隻錶是利用老式的均力圓錐輪技術，每個鐘頭甚至會發出小小的鳴響報時。

雖然錶齡久遠，但狀況極佳。

巧的是，它是在法國製造的。

「我在法國出生，」維克特說。

「我知道，」學徒說。

「你怎麼知道？」

學徒聳聳肩。「從你的聲音。」

他的聲音？維克特並沒有外國口音。他思索片刻，隨即拋諸腦後。他對那隻懷錶更有興趣；它的大小握在手裡完全合適。

「我現在就可以帶走嗎？」

學徒望向老闆，老闆搖搖頭。「我們需要幾天時間才能確定它運作正常。別忘了，這隻錶非常老了。」

直到維克特坐進禮車後座，才想到店家完全沒提那隻錶要多少錢。

倒也沒什麼要緊。他已經很久沒問任何東西的價錢了。

他吞了幾顆藥，將剩餘的薑汁汽水一飲而盡。他的腹部和腎又在抽痛，好幾個月了，一直都是這樣。不過，當他面對時間就快用完的恐懼，他還是以他一貫的方式應對：按部就班，步步為營。

他看看錶。今天下午，他會找他的法律小組研商大計。之後，把人體冷凍的文件重看一遍。最後，他會回家見葛芮絲，她會在家，帶著她的健康餐等著他——不用懷疑，一定又是淡而無味的青菜。他想，這正好代表了他們之間的鴻溝：她這一廂努力拖延著他所剩無幾的日子，他卻在為另一個世紀做著規劃。

他想到那隻懷錶，握在手裡是那樣合適。他很訝異，這筆買賣竟然讓自己精神如此振奮，雖然這又是一樁他無法對葛芮絲啟齒的事。

44

新聞主播正在播報世界末日的新聞。

莎拉走近火車站的電視。那位男主播正在談論，根據古馬雅文化的曆法，世界注定要在下星期灰飛煙滅。有人預言，人類會因此得到精神覺醒，有人則預卜，地球會跟一個黑洞撞在一起。在全球不同的角落裡，都有群眾聚集於教堂、廣場、田野、海濱，等待生命走向終結。

她想把這件事告訴伊森。她什麼事都想告訴伊森。她掏出手機，傳了個簡訊給他。

「你有沒有聽說，下週二就是世界末日？」

她按下發送鍵，等候回覆。沒有回覆。他可能關了手機，或是放在口袋裡。

火車進站，莎拉跨入車廂。她的錢包裡有七百五十五美元，幾乎是她所有的積蓄。她心想，不知一隻類似電影裡的錶需要多少錢。

45

雖是週末，維克特的辦公室卻是人聲鼎沸。

他的公司流傳著一句話：「如果你週六不進辦公室，那麼週日也不必來了。」

羅傑推著維克特的輪椅從甬道走過，維克特一路對幾個員工點點頭。高大蒼白、兩頰的肉垮得像獵犬的羅傑，幾乎無時無刻不在維克特身邊。他的忠誠無懈可擊，從不質疑任何指令，而維克特也賞以豐厚的報酬。

「午安，」羅傑將輪椅推進會議室，維克特輕聲打了招呼。會議室裡，五名律師端坐在一張長方桌前。冬陽透過百葉窗照射進來，被切割成一片一片。

「嗯。事情怎麼樣了？」

律師之一屈身前傾，將一疊文件推過去。

「維克特，這事複雜無比，」他說。「我們只能根據現行法規來起草文件。」

「未來的新法可能會讓這些文件失效，」另一人補充。

「不可能做到百分之百的保障，」第三人說。

「這關乎我們談的是多久以後的事，」第一個律師又說。

「正常來說，你的財產會由葛芮絲繼承，」第四名律師開口道。

維克特再次想到他的妻子，想到她對這個計畫是那樣一無所知，一陣罪惡感襲上他的心頭。

「說下去，」他說。

「如果我們讓她繼承你的財產，那麼一切就歸她掌控。可是，法律上有一點非常模糊的是，一旦她辭世，要把財產再歸還給你，也就是把財產再回贈給一個嚴格說來已經，呃，已經……」

所有的人都挪開視線。

「死了的人？」維克特說。

律師聳聳肩。「比較好的方式是現在就設立某種基金、保險或是特殊信託──」

「──一種朝代信託，」第一個律師插嘴道。

「沒錯。就類似於你要留給曾孫的教育基金。這樣一來，當你……呃，該怎麼形容才好……」

「重生？」

「對，當你重生的時候，錢就可以回歸你所有。」

維克特點點頭。他還在想葛芮絲，想他應該留下多少錢來照顧她。她總說她嫁給他不是為了錢，可是，如果他留給她的錢不敷她的一切需求，那有多難看？

「迪拉蒙先生，」第三名律師說。「您計畫什麼時候要……呃……」

維克特打鼻子裡嗤了一聲。每個人說到那個字都難以啟齒。

「到年底我應該就會走了，」他說。「這樣應該對我們有利吧？」

幾個律師面面相覷。

「文書作業是會容易一些，」其中一人回答。

「那就定在除夕吧，」維克特宣布。

「那沒有多少時間了，」律師之一提出異議。

維克特滾動輪椅來到窗前。他望向窗外那一大片高樓屋頂。

「沒錯，」他說。「我是沒有多少時間了——」

他身體前傾，不可置信地瞪著窗外。就在對街一棟摩天大樓的樓頂，有個男人坐在高牆邊緣，兩腳晃盪在半空中。他的臂彎裡抱著什麼東西。

「怎麼了嗎？」律師之一問。

「一個找死的瘋子，」維克特回答。

但他無法移開目光。不是擔心那男人掉下來，而是因為那人的視線像是筆直看過來，穿透了維克特的窗。

「那，我們可以開始列具財產清單了嗎？」一名律師問。

「什麼？……噢，可以。」

維克特拉下百葉窗，也把心思拉回正事上：他死的時候可以帶走多少錢財。

46

莎拉站在那家鐘錶店前，注視著刻在門上的太陽和月亮。

她覺得一定就是這裡了，雖然門口並未設置招牌。

她踏入店內，感覺進了一座博物館。**噢，老天，他們不可能有那種錶，**她對自己說。**看看這一堆老古董。**

「我能效勞嗎？」

店老闆讓她想到她高二那年的化學老師：滿頭白髮，戴著窄邊眼鏡。也穿西裝背心。

「請問你們有沒有——你們可能不會有——呃，一款手錶。我其實不知道他們有沒有製造上市，不過……」

那男人舉起手心。

「我去找個人來，他會知道那種錶，」他說。

他帶著一個男人從後頭走出來。那人看來頗嚴肅，一頭棕色頭髮凌亂不整，穿著一件黑色高領衫。滿帥的，莎拉想。

「嗨，」莎拉打了招呼。

那人點點頭，什麼話也沒說。

「是一款出現在電影裡的手錶。你們恐怕不會有……」

十分鐘後，她還在解釋。

但她談手錶的少，反倒是談伊森和她為什麼覺得這是個好禮物要更多一些。櫃檯後的男人是個談話的好對象；他專心聆聽，彷彿他有用不完的時間（他的老闆應該很寬容，她想），而既然她不曾跟母親提到伊森，也不能跟學校任何人吐露祕密（伊森沒告訴任何人，所以她也守口如瓶），現在能讓別人知道這段關係，對她來說不啻是卸下重擔，甚至是種快樂。

「有時候他不說話，」她說，「傳簡訊給他也不一定回。」

那男人點點頭。

「可是我知道他喜歡這部電影，而那隻錶，應該是三角形的吧？我猜。我想給他一個驚喜。」

男人又點點頭。一個咕咕鐘開始鳴響報時。因為是五點鐘，它叫了五聲。

「噢噢噢，夠了，」莎拉說，摀住耳朵。「叫它停下來。」

男人臉上閃現出一個表情，彷彿她正陷於危難。

「怎麼了？」莎拉問。

咕咕鐘結束了鳴響。

叫它停下來。

一陣難堪的靜默。

「這樣吧，」莎拉提議。「你拿幾款手錶給我看，說不定我能告訴你是哪一種？」

「好主意，」老闆插嘴道。

那男人走進後屋。莎拉在桌上輕敲著手指等候。她瞥見收銀機近旁有個打開的盒子，盒子綴有寶石，裡頭放了一隻老式懷錶，錶殼上繪有圖案。看起來不便宜。

那男人回來了，手上拿著一個盒子。盒蓋上印著電影「ＭＩＢ星際戰警」的照片。

「我的天，你們有這種錶？」莎拉興奮地說。

他將錶盒遞給她，她立刻打開。裡頭是一隻三角形狀、造型時髦的黑色手錶。

「太好了！我太高興了。」

男人歪歪頭。「那妳為什麼這麼難過？」

「啊？」莎拉瞇起眼睛。「什麼意思？」

她望向老闆。老闆看來有點尷尬。

「他很擅長他的工作，」他輕聲說，像是道歉。

莎拉試著拋開那個問句。誰說她難過了？再說，她感覺怎樣又干那人什麼事啊。

她低下頭去，看到盒上標示的價格。兩百四十九元。她突然渾身不自在，好想離開這家店。

「好，我要買，」她說。

那男人帶著同情望著她。

「那個伊森，」他說。

「他怎麼樣？」

「他是妳丈夫嗎？」

「什麼？」她忍不住叫出聲。她發現自己在笑。「才不是！老天，我才高三呢！」

她把頭髮撩到腦後，心情突然明亮起來。「我的意思是，說不定以後我們會結婚，我想。可是現在，他只是……我的男朋友。」

她從沒用過這個詞彙，感覺有點忸怩，就像穿著短裙從試衣間走出來那樣。但那人也露出了微笑，所以雖然他剛才胡言亂語說她難過，但她也就原諒了他，因為「男朋友」這三個字是那樣美妙，讓她好想再說一次。

47

每天傍晚，當紐約市的太陽西落，多爾就會爬到摩天大樓之頂，坐在高牆邊緣。

他會轉動沙漏，讓整個大都會停駐在一個緩慢時刻，將嘈雜的交通靜默成一聲綿延不斷的嗡鳴。當天色在不計其數的高樓大廈背後一層層變暗，他會幻想艾莉就在身旁，就像他們過去時常做的那樣，坐看白日將盡。多爾無需睡眠也不必吃東西，整個人彷彿是活在另一個時空，但他的思緒一如既往從未改變，而當他終於讓夜幕落下，他又想起艾莉戴著頭紗的身影，以及他們結婚之夜露出四分之一個臉的月亮。

她是我的妻子。

即使過了這麼久，他還是深深想念她；他但願能對她述說這趟神祕的旅程，問她最後到底會有什麼樣的命運等著他。他奉命回到地球要找的那兩個人已經找到——或者說是他們找到了他，但他還是不懂，為什麼芸芸眾生當中，偏偏挑上一個坐著輪椅的老人和一個戀愛中的女孩。

他將沙漏拿近些，想看看自己在受罰期間刻出來的圖案。

當初那些圖案從穴壁上飄浮出來，成了沙漏上下兩盅之間的圈環印記。多爾具有控制時間的能力，大可予取予求，從這個新世界取走所有他想要的東西。然而，一個要什麼有什麼的人，會發現大部分的東西都無法滿足他。而一個沒有回憶的人只是一個空殼。

因此，孑然一身、在這座城市之上居高臨下的時間老人，緊握住他唯一在乎的財產：一個承載著他的故事的沙漏。接著，又一次，他大聲複述他的人生：

「這是我們跑上山坡的時候……這是艾莉拋的石子……這是我們結婚那天……」

48

維克特看著那兩根針，嘆了口氣。

他洗腎已經將近一年，一次比一次更痛恨它。從他的皮下被植入人工血管、手臂多出一根半吋導管那天開始，他就感覺有如闖入牢籠，像一隻陷在羅網裡的困獸。一星期三次。一次四小時。千篇一律，枯燥乏味。看著血液流出又流入。

他曾經抗拒洗腎之議，抗拒人工血管，也拒絕跟其他病人一起治療，儘管葛芮絲也贊同醫生的建議：「和面對同樣挑戰的人談談話會有幫助。」在維克特看來，他跟其他病人面對的挑戰不一樣。他們只想多活一個月或一年，而他是在規劃一個嶄新的人生。

他花錢住進有電腦設施和娛樂器材的私人套房，也花錢請來私人看護。有羅傑近在咫尺，維克特就利用那四個小時來工作：被單上立著遙控鍵盤，桌上放著黑莓機，耳朵塞著一個跟手機連線的裝置。

一名護士走進來，手上拿著資料夾。

「今天感覺怎麼樣？」她問維克特。這個紅髮的護士胖嘟嘟的，制服的胸部和腰部都被撐突出來。

「棒透了，」他漫應一聲。

「那就好，」她說。

他感到疲倦，朝她身後望去，墜入夢境狀態。再忍一個禮拜，他想。再一個星期就解脫了；等到除夕那天，他就要登上那艘船，航向新世界。

他眨眨眼，因為看到角落有個影子，是個男人身影。可是當他再度眨眼，影子已經不見了。

那個影子是多爾。

他一直在用他無人察覺的方式探索這棟大樓：在機器和醫護人員當中晃蕩，試圖理解整個流程。但儘管觀察良久，那個過程在他看來依然神祕難解。這地方不知用了什麼方法，可以把生病的人治好。這一點他倒是明白。一股熟悉的哀傷油然而生。這是每當他看到現代醫學時都會有的感受：艾莉躺在高原的一張睡毯上，孤單地死去。如果她生在這個時代，她可不可能活得長久呢？

他心想，如果你的死有很大部分要看你生在什麼時代，這豈不是很不公平。

多爾研究著私人套房裡的那部大機器，看著血液從病人身體裡進進出出。他走近維克特。這個維克特，多爾必須處理完他的命運才能完成自己宿命的維克特，這時坐在一張很大的椅子上，耳裡塞了個東西。

這個維克特有多大年紀了，所以可以像尼姆一樣，比別人得到更好的待遇？從他皺褶的皮膚、稀疏的頭髮、手臂上的老人斑看來，他已經得到長壽的恩賜很久了。然而，多爾注意到這人的表情：深鎖的眉頭，下撇的嘴角。

雖然疾病纏身的人或許會心生恐懼，甚至心存感激，但這人看起來……像在**生氣**。

更正確的形容是：

充滿不耐。

49

給伊森的禮物已經到手了，現在，莎拉只需找個時機和場合交給他就好。

她不斷傳簡訊給他，但他一直沒回。說不定他手機壞了。但除了手機，她還能用什麼方法找到他呢？再過幾天，學校就要放假過聖誕節去了。要在擁擠的教室走廊上找到他，必須碰運氣。更何況，她遵守他訂的規矩，在學校從不交談。這段感情是他們之間的小祕密。

她知道他課後會在室內做田徑練習，所以決定守候在體育館外，裝作「不小心」遇到他。她站在走廊上，手裡拿著包好的禮物，看到其他同學經過就將視線別開，包括一身名牌、「炙手可熱」的正妹；虎背熊腰、身材像雕塑的運動健將；戴痞帽、黑框眼鏡的嘻哈派；黑色破T恤、鉚釘耳環、臭著臉、心情莫測高深的性格派。其中有些人她在四年當中不知見過多少次，卻沒交談過一句話。但高中就是這樣；它先給你一紙裁決書，你的言談舉止就得符合那樣的裁決。莎拉的裁決書上寫著她太聰明、太胖、太古怪，所以少有人肯費事找她說話。她一直數著還有多久畢業，直到伊森出現。伊森，令人讚嘆的伊森，就敢對抗套在她身上的裁決。他喜歡她。**有人喜歡她耶**。有他當她的男友，她感覺自己長大好多。她好想找人炫耀一番。

她看到伊娃和愛希麗朝她走來，她們穿著貼身條紋上衣和那種她永遠也塞不進去的緊身牛仔褲。那兩個女生她從小學三年級就認識。兩人朝她的方向瞟來一眼，莎拉的反射動作是低頭去看自己的腳，可是她內心在大喊：**猜猜我在等誰**？偏偏這時她的手機響了；是那段尖銳刺耳的重金屬吉他音樂，代表她母親的鈴聲。莎拉連忙按成靜音，卻聽到伊娃和愛希麗大笑。

她突然感覺站在那裡渾身不自在，於是將伊森的禮物放進外套口袋，快步離開。反正他絕不會相信自己是不小心遇到他，而她毫無藉口，只除了一個事實：她現在，確確實實，是在追他。

等她來到室外，她又傳了個簡訊給他。

50

維克特滑著輪椅進入私人辦公室，順手將身後的門推上。這時他才看見，那名鐘錶店學徒靠著牆站在那邊。

「你是怎麼進來的？」維克特問。

「你的懷錶修好了。」

「是我的祕書讓你進來的嗎？」

「我想把它送來給你。」

維克特頓了一頓，他搔搔頭。「讓我看看。」

學徒把手伸進袋子裡。真是個怪人，維克特心想。如果他來替我工作，他會是那種窩在實驗室裡的技師，怕羞、呆頭呆腦，但說不定哪天會發明某個產品，讓公司像挖到金礦。

「你這許多鐘錶方面的知識是哪裡學來的？」維克特問。

「它曾經是我的興趣。」

「現在不是？」

「對。」

那人打開一個盒子，將懷錶遞過去。它鑲著寶石的外殼被磨得晶亮。

維克特露出微笑。「你真的把它磨得很亮。」

「你為什麼想要這個東西？」

「為什麼？」維克特吁出一口氣。「這個嘛，我即將去旅行，我想帶個牢靠的計時器去。」

「你要去哪裡？」

「只是歇歇。」

那男人一臉茫然。

「去休息、去放鬆？你偶爾也會從店的後屋走出來，對吧？」

「我是去過其他地方，如果你是這個意思的話。」

「沒錯，」維克特回答。「我就是這個意思。」

維克特打量著他的訪客。這人有點脫線。他的衣服雖怪，但不對勁的不是這個。是他用的語言；他說的每個字都正確，可是放在一起很不自然，就好像是從書裡挪借而來。

「那天在你店裡，你怎麼知道我來自法國？」

男人聳聳肩。

「你讀過關於我的報導？」

他搖搖頭。

「網路上查的？」

對方不答。

「我是說真的。告訴我，你怎麼知道我來自法國？」

那男人低下頭，幾秒鐘後，他抬眼直視維克特。

「我聽到你小時候祈求過一個東西。那時候，跟現在一樣，你祈求時間。」

51

莎拉會想到這個點子，最主要是拜她母親之賜。

一天晚餐，蘿倫吃著酥皮雞肉派，提到她和幾個朋友要替一個即將五十歲的女人買一條手鍊。她們要在上頭刻字。

蘿倫話語才落，莎拉就想到伊森。在他的手錶後面刻字？她怎麼都沒想到？

「莎拉，妳有沒有在聽？」

「什麼？有啊。」

第二天，莎拉翹了最後兩堂課（這同樣也不像她會做的事，不過她現在有了伊森，而他也需要她付出時間），再度搭乘火車來到市區。她走進鐘錶店時已近黃昏，還是一樣，她是唯一的顧客。她替這家店感到悲哀，因為如果聖誕時節生意還不忙，那什麼時候會忙？

「啊，」上了年紀的老闆認出她來。「歡迎再度光臨。」

「你知道我上回買的那隻錶嗎？」莎拉說。「你們可以刻字嗎？你們有這種服務嗎？」

老闆點點頭。

「太好了。」

她從提袋中取出錶盒，放在櫃檯上。她望著那扇通往後屋的門。

「你們另一個人在嗎？」

店主微微一笑。

「妳希望他替妳刻字？」

莎拉臉頰泛起紅暈。「噢，不。我的意思是，我不知道他會不會刻字。不管誰刻都好。我的意思是，對啦，如果他會刻就給他刻。沒錯。不過誰刻也都可以。」

她暗自希望那個人在。畢竟，她只對他提起過伊森。

「我去叫他，」老闆說。

片刻後，多爾從後屋出來，還是那件熟悉的黑色高領衫，頭髮依舊凌亂不整。

「嗨，」莎拉說。

他注視著她，頭微微歪向一邊。他的表情好溫柔，莎拉心想。

他拿起那隻錶。

「妳想刻些什麼呢？」他問。

莎拉已經想好一句簡單的話。

她清清喉嚨。

「你可不可以刻……」她壓低聲音，彷彿耳語一般，雖然店裡沒有旁人。「『跟你在一起，時光飛逝』？」

多爾看著她，一臉迷惑。

「這是什麼意思？」

莎拉揚起眉毛。「太嚴肅了嗎？老實說，我覺得──聽起來很蠢，對不對──我覺得，他就是，就是我的唯一。可是我不想說得太露骨。」

多爾搖搖頭。「我是說那句話。那是什麼意思？」

莎拉心想，這人是不是在開玩笑。「時光飛逝？你知道，意思就是，呃，時間過得超快，轉眼你們就要說再見了，可是時間就像根本沒動過一樣？」

他的眼珠轉了轉。他喜歡這句話。「時光飛逝。」

「跟你在一起，」莎拉連忙補充。

52

即使在葬禮之後，小維克特還在想他的父親會不會神奇地回到家來，

就彷彿這一切，包括牧師、棺木、哀泣的家人，不過是大人出了意外時必須經歷的一個過程而已。

他去問母親。她說她和他應該禱告。或許上帝知道有什麼辦法讓他們全家團聚。母子屈膝跪在小小的壁爐旁，她在兩人肩上披上一條長圍巾。她閉上眼睛，口中念念有詞，維克特也跟著照做。他祈禱的是：「請讓昨日重現，讓爸爸回家來。」

邈遠的一個洞穴裡，透過一個粼光閃爍的池子，小男孩的祈求冉冉飄了進來。其他的祈求聲不計其數，可是我們的耳朵對於小孩的懇求特別敏於接收。多爾被這個單純的祈求感動了。極少小孩會要求時光倒轉。小孩多半活得匆忙，他們盼望下課鈴聲快點響，生日快點來到。

「請讓昨日重現。」

多爾記得維克特的聲音。雖然人的聲音會隨著年齡變得低沉，但在一個注定要聽聲音聽個天長地久的人耳裡，就像指紋一樣清楚分明。在鐘錶店裡，維克特才開口，多爾就知道是他。

多爾不知道的是，當年祈求昨日重現的小孩，如今冀求的是擁有明日。

維克特再也沒有祈禱過。

自從他母親跳河自盡，他就放棄了祈禱，放棄了所有的昨日。他來到美國，學到最善於利用時間的人最成功。於是，他努力工作。他快馬加鞭過日子。他訓練自己不去回想自己的年少歲月。

如今，在他大樓頂層的辦公室裡，一個名副其實的陌生人讓他想起了那段時光。

「我聽到你小時候祈求過一個東西，」那個學徒說。「那時候，就跟現在一樣，你祈求時間。」

「你在胡說些什麼？」

學徒指指那隻懷錶。

「我們都會懷念失去的東西。可是，有時候，我們會忘記我們擁有的。」

維克特看著那隻繪有家庭圖案的懷錶。

待他抬頭，那人已消失不見。

維克特大喊，「嘿！」他以為那人在耍什麼花樣。「嘿！給我回來！」

他滾動輪椅來到門邊。羅傑已經朝他走來，他的行政助理夏琳也是。

「迪先生，一切都好嗎？」夏琳問。

「妳有沒有看到一個男人剛剛從這裡跑出去？」

「一個男人？」

他注意到她臉上的憂心。

「算了，」他說，感覺很窘。「是我看錯了。」

他關上房門，心跳得好快。難道他現在神智不清了嗎？他感覺失去控制，這完全不像平日的他。

電話鈴響，嚇了他一大跳。是他的專線。葛芮絲打來的，問他什麼時候回家。她正在煮飯。

他吁了口氣。

「葛芮絲，我不知道我吃不吃得下那玩意兒。」

「你先回來，我們再看看。」

「好吧。」

「出了什麼事嗎？」

維克特望著那隻懷錶。他發現自己在想著爸媽，彷彿看到他們的臉。他已經多少年沒有這樣了。這讓他很生氣。他必須回到正常軌道。

「葛芮絲，我要停止洗腎。」

「什麼？」

「洗腎毫無意義。」

「你不能這樣。」

長長的緘默。

「如果你不洗……」

「我知道。」

「為什麼？」她的聲音發抖。她在哭，他聽得出來。

「這樣活著一點意思也沒有。就靠著一個該死的機器維生。妳也聽到醫生的話了。」

她抽噎得厲害。

「葛芮絲？」

「你先回家來，我們好好談談，好不好？」

「我已經決定了。」

「我們可以談談。」

「好，可是不要跟我爭這件事。」他寧可把這句話用在他真正的計畫上：把自己冷凍起來，直到復生。但他心頭雪亮，她無論如何也不會首肯這個計畫。於是他現在就把這句話說出口，是實話沒錯，卻是藉著一個假理由。

「我不想跟你爭，」她幽幽地說。「你先回家再說吧。」

53

決定了。聖誕夜，伊森會在 Dunkin’ Donuts 門口跟她見面，因為她知道這家店聖誕夜也會開。這個計畫是無心插柳，雖然莎拉選擇相信是命運牽的線。

她傳簡訊想聯絡他，但運氣一直欠佳。然而，她離開鐘錶店後，又經過一群因「世界末日」而聚集的人。跟她所有的念頭一樣，這也點燃了她打電話給伊森的念頭，她一時衝動撥了他的號碼，雖然他幾乎從來不接電話。

當她聽到他說「喂」，她的心差點沒卡在喉嚨裡。她想也沒想就說：「你一定不相信我看到什麼了。」

「妳哪位啊？」

「我是莎拉。」

一陣停頓。「嗨，莎拉。我以為我是撥給……這電話有問題。」

「你猜我在哪裡打電話給你？」

「我不知道。」

「在華盛頓廣場公園的『世界末日』攤位上。」

「太扯了。」

「我知道，真的很扯，對吧？不過他們說下星期就是世界末日了，我有東西要給你，所以最好早點拿給你。」

「等等。這個世界末日是在說什麼？」

「我也不知道，好像是個印地安文化還是宗教什麼的。反正就是那種稀奇古怪的事情。」

她其實在書上讀過更多，可是她不想表現得太聰明。她的聰明何曾讓她在男孩子方面得過好處呢？

「那我們什麼時候碰個面？我要把東西拿給你。」

「莎拉，妳不必給我任何東西。」

「又沒什麼大不了。聖誕節嘛，對不對？」

「嗯。我不知道誒……」

一陣尷尬的停頓。莎拉感覺胃在打結。

「不會花你太多時間的。」

「好吧，」他說。

「如果世界末日就要到了，也不可能有太多時間可花，對吧？」

「我聽到了，」但他聽來根本沒有在聽。

兩人約好聖誕夜在Dunkin’ Donuts見面——反正那天他正好要去附近參加舞會。

她掛上電話，很高興總算有一件事情符合預期。她極力不去想他漫不經心的語氣，心想電話絕不是個好的測量指標。再說，等他看到那隻錶，他一定會很開心。其他人都不會送他那樣特別的禮物。

她回想起他親她的那一幕。他想要她。**有人想要她耶**。她告訴自己，這一回，對於身體接觸這種事要放鬆一點。她會讓他更進一步，這也會讓他開心。想著如何讓伊森開心，莎拉感覺很快樂。

她望了因為世界末日而聚集的群眾一眼。有人舉著標語，有人身穿宗教衣袍。其中一個攤位上，有一對小小的音響喇叭正在播放一首歌，吸引了莎拉的耳朵。

為什麼太陽依舊照耀？
為什麼浪潮依然拍岸？
它們難道不知道，這個世界已到末日，
因為你已經不再愛我？

多麼絕望的歌，她想。而且，放在這樣的場合頗有點憤世嫉俗的味道。可是，女歌手的聲音是那樣哀傷淒涼，她發現自己越聽越想聽下去。

為什麼鳥兒依舊歌唱？
為什麼星星依然閃亮？
它們難道不知道，這個世界已到末日？……

她從攤位桌上拿起一份宣傳單。它的封面寫著：「末日將臨。你要如何利用你剩餘的時間？」

嗯。今天才星期三。她打算瘦個一兩磅。

54

葛芮絲等著維克特回家來。

她拭去眼淚。她去切蔬菜。

蘿倫等著莎拉回家來。

她吸了塵。她抽了一根菸。

這件事即將發生。

地球上所有的人，包括葛芮絲、蘿倫、維克特和莎拉，會在頃刻間停止老去。

而有一個人會開始變老。

放手

你為什麼要測量白天和黑夜？

我想知道。

居高臨下俯瞰著這座城的時間老人忽然明白了：

知道一件事，並不等於理解這件事。

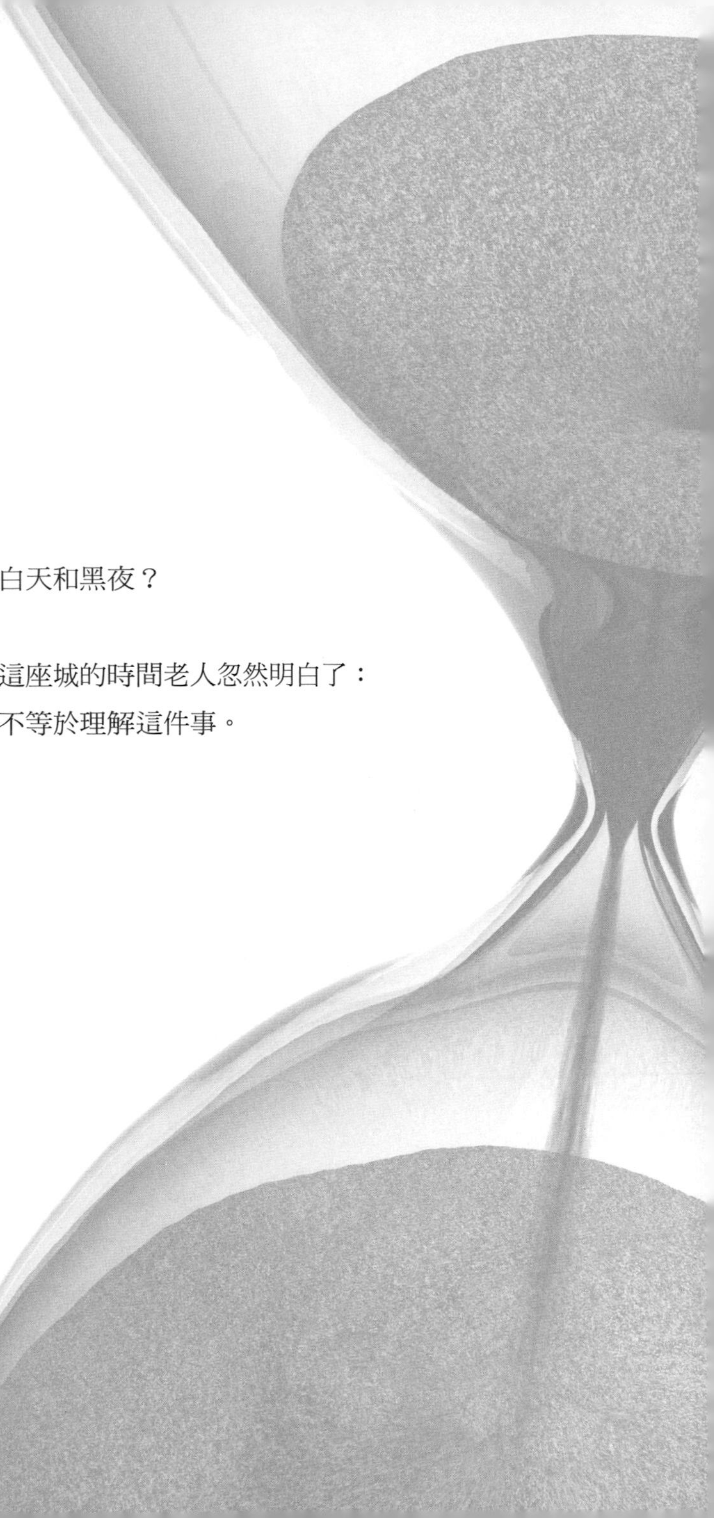

55

維克特有做功課。他知道死亡會讓自己付出什麼代價。

一旦停止洗腎，他的血壓會急遽上升，身體會開始浮腫，接著背痛，失去胃口。他已經預知會有這些症狀，所以他逼自己進食麵包、湯品和營養品，因為他不想讓自己虛弱得太快。

聖誕節那天，他從輪椅被移至起居室的一張床上。葛芮絲睡在躺椅上，整夜陪著他。她接受了他的假計畫——遵從上帝旨意，自然撒手人寰——純粹是因為維克特知道她不會接受他真正的計畫。如果他能夠平心靜氣地停止洗腎，那她也應該心平氣和地接受他的決定。

話雖這樣說，隔天早晨當維克特吩咐羅傑帶一堆檔案過來，她偷偷落淚卻沒讓他看見。**不要激動；**她一面替他折彎吸管插入水杯一面告訴自己，**這是他把握生命的方式，他的文件、他的事業，他就是這樣的人。**她不知道的是，羅傑帶來的文件是要保護維克特未來的商業帝國。

她將水杯湊近他，維克特親自拿住，不讓她替他端著。喝了幾小口後，他放下杯子。他看到她臉上的憂容。

「沒關係的，葛芮絲。事情本來就該這樣。」

依照這個世界的原本設計，事情不應該是這樣。

不是這樣的。不是把自己冷凍起來，準備再戰第二回合。然而，維克特已經決定要控制自己的死法，一如他控制自己的生前。手和腳開始麻痺？皮膚慢慢變得蒼白灰敗？兩者都是腎衰竭的末期徵兆。大家會料想他必死無疑。沒有人會想到他別有計畫：維克特會在死亡之前就被冷凍起來。到時候，只會有羅傑、杰德和精挑細選過的一個醫生及法醫在場，而他們只要保持緘默，就可以獲得豐厚的報酬。

當他們簽下死亡證明，死亡就會成為真實，這是白紙黑字寫的。

然而，死神根本不會碰到維克特。

他會躲過它，而且跳上一艘船，航向未來。

「葛芮絲，妳聽我說，」他以沙啞的聲音說道。「我知道，這段日子非常難熬。可是，我走後的一切都處理好了。我的意思，所有的文件方面。羅傑會跟妳一起處理。重要的是……」

他琢磨著下面該怎麼說，他希望自己說的是真心話。

「重要的是，妳完全不必擔心。」

她的眼睛泛著淚水。

「我從來就沒擔心過，」她說。

她執起他的手，輕輕撫摸他的手指。

「你知道，我會想念你。」

他點點頭。

「非常想念，」她又說。

兩人都緊抿著唇，而維克特用力吞了吞口水。彼時彼刻，就在那一刹那，他幾乎要把事情一五一十地說出來。然而，你要不就抓住那一刹那，要不就坐待它溜逝。

他讓它溜逝。「我也是，」他說。

56

在莎拉心目中，伊森會是她今生唯一的愛。可是，他並沒有以愛回報她。

聖誕夜，在Dunkin' Donuts的停車場，這一點變得再清楚不過。九點十六分，當莎拉將一個包裝鮮艷的盒子遞給他，盒裡裝著一隻和他最喜歡的電影一模一樣還刻了字的手錶，她終於將她對他的感情傾吐出來。這份感情，她一直深藏在內心，像個不斷爆炸的星球；這份感情，她只向鐘錶店的夥計和臥室的鏡子吐露過。可是，還沒等她說完，還沒等她說出最後那句：「你知道，我真的——我知道這很扯——但我真的很愛你？」伊森已經開始翻白眼，就像恨不得趕快找個朋友吐槽：「你一定不會相信！」

那一瞬間，莎拉好希望自己整個融化到地底，就像熱蠟融成一攤那樣，透過下水道的孔蓋沖得無影無蹤。他的眼睛。那個表情。毫無興趣。不折不扣的羞辱。從那段尷尬的談話直到他說：「喂，莎拉，我得走了」，相隔不過幾分鐘，感覺卻像數年之久。她很想解釋得更好些，很想把出口的話塗抹掉。她可以等，等個天長地久，**只求這段感情不要湮滅，不要結束！**可是，當他把禮物還給她，連包裝也沒拆，就那樣兩手插在褲袋裡逕自離去；當他走了半條街就拿出手機撥號——撥給誰？某個女生嗎？還是哪個朋友，好一起竊笑這個剛對他說他是她的「理想情人」（她真的這樣說了？）的白癡？她才猛然驚醒：**天啊，莎拉，妳是吃錯了什麼藥？**接下來，她轉而求助於停車場裡新交的一個朋友，一個除了她沒人看得到的惡魔，一個悲慘怪獸——惡魔將他瘦骨嶙峋的爪子環住她的肩，說：「現在，妳與我同在。」

莎拉．雷蒙才十七歲，可是從那一刻起，她慢慢像是失了魂魄。她感到孤單，像被世界遺棄。都是她的錯。這樣的稀有珍品，一個像伊森那樣，以前沒正眼看過她、以後更不可能正眼看她的男孩，怎麼就這樣被她嚇跑了呢？他們接吻過，他想要她，她卻將他推開，他顯然從此認定她不值得費事去追，雖然她老早就知道自己不值得他追。當初她為什麼不乖乖閉嘴，隨他想怎樣就怎樣呢？她到底是替誰守身，活像以後真的會有更好的男人出現似的？

她昏昏沉沉，整個胃像百轉千折。她將禮物塞回外套口袋。她迫不及待想打電話給他，卻猛然想起她不能再打電話給他、不能再見他；結束了，一切都結束了，她頹然跌坐在地，像一袋米轟然落下。她跪地嚎啕，哭到胸口因為喘不過氣而發痛。她感覺到柏油路的碎石壓著自己掌心。她就這樣雙手雙膝跪著，直到一個男人推開甜甜圈店的門對她大吼：「喂，妳在這裡幹什麼？滾到別處去！」她這才搖搖晃晃地站起身。她跌跌撞撞地往前走。一顆裂成兩半的心更加沉重了；那顆心像個平面被打破，在胸口裂成碎片。莎拉拖著她殘破的軀殼回到家，爬上樓進入臥室，之後便墜入一個漆黑的深淵。

57

多爾坐在一棟摩天高樓上，雙腳盪啊盪。他眼下的這座城有著櫛比鱗次的屋頂和塔尖，還有一望無際的萬家燈火。

他手握沙漏，沒有轉動它。他讓時間以正常速度流過，心頭想著老人的指示。

他已經找到那兩個人。近日來他一直跟著他們。為了瞭解莎拉和維克特的生活，他已將他們周遭的世界暫停過好幾次。據他推斷，這個維克特儘管富可敵國，卻阻擋不了疾病的入侵。而從莎拉哭倒在停車場的行為來看，她喜歡那個瘦高男生遠超過他喜歡她。

可是，他們的世界是那樣複雜，看得他一頭霧水。多爾來自一個文字尚未發明的時代，在那個時代，你若想跟什麼人說話，你得走去見他們。這個時代不一樣。拜這個時代的工具之賜，例如電話和電腦，人的動作快得令人眼花撩亂。然而，儘管完成了這麼多事情，他們卻從來不得安寧。他們老是查看自己的計時器想知道什麼時間，也就是多爾曾經試著用木枝、石頭和影子想確定的那樣東西。

你爲什麼要測量白天和黑夜？

我想知道。

居高臨下俯瞰著這座城的時間老人忽然明白了：知道一件事，並不等於理解這件事。

58

不要嗎啡。還不要。維克特必須保有主控權。

他的呼吸越來越快，這是因為他的身體為了對抗體內越來越高的酸度，正努力將更多的一氧化碳盡速排出。

不會太久了。

幾個訪客來過，多半是他的生意夥伴，向他做最後致意。也有其他人想來，但維克特告訴葛芮絲，他不擅長與人告別；這是事實沒錯，但最大的原因是，他並不認為自己要離開前往什麼地方。其他人在辭世之前的幾個星期，不是滿懷恐懼，便是忙著道別，維克特則是專心致力於規劃。他有他的退場策略。這個策略現在包括這個細節：

每一年的除夕，維克特和葛芮絲照例要去參加一個餐會，頒發一大筆捐款給他們的慈善基金會。從捐款數額可以看出維克特那一年的投資基金有多成功。

「葛芮絲，妳應該去，」昨天他對妻子說。

「不要。」

「妳必須頒發那張支票。」

「我不要離開你。」

「這對每個人都意義重大。」

「可以找別人去頒。」

他又扯了一個謊。

「這對我來說也意義重大。」

她很驚訝。「為什麼？」

「因為我希望這個傳統延續下去。我希望妳今年去、明年去、往後的每一年都去。」

葛芮絲遲疑了。這個捐款餐會原是她的點子。維克特從來就沒熱衷過，多年來，他甚至常為參不參加與她爭執。她暗忖，這是不是她丈夫對她說抱歉的一種方式。

「好吧，」她說。「我去。」

他點點頭，像是鬆了口氣。「這樣對每個人都好。」

59

莎拉下午兩點醒來，蘿倫正用力敲她的房門。

「莎拉！」

「……幹嘛？……」

「莎拉！」

「起來了啦！」

「我都敲了五分鐘了。」

「我戴著耳機啦！」

「妳是怎麼了？」

「沒事啦！」

「莎拉！」

「妳不要管我！」

她聽到母親離去，這才倒回枕頭，發出呻吟。她頭好痛，嘴巴好乾。昨晚回家後，幸好蘿倫不在，莎拉偷偷拿了兩顆母親的安眠藥，回到房間把門鎖上。現在，頭痛欲裂的她一個翻身，在腦海裡把一切又複習一遍：她昨晚說了什麼，伊森又說了什麼。看到包裝還沒打開、好端端坐在椅子上的禮物，她開始哭起來。她伸手抓起禮物盒摔向牆壁，哭得更加厲害。

她想到他走開的樣子。她感覺好無助。不可能就這樣結束了吧。這不可能是他們最後一次相聚。她一定還可以做點什麼……

等等。或許她可以寫信給他，把說出口的話統統收回來。想個藉口。就說送禮物是跟他開玩笑。說她喝醉了。說她跟家裡有問題。隨便什麼藉口。用寫的她比較能控制，不是嗎？不會再犯同樣的錯，不會脫口說出那些話把他嚇跑？

她擦擦眼睛。

在書桌前坐下。

常識會告訴莎拉，要對伊森保持距離，敬而遠之。可是，對於初戀，常識是沒有置喙餘地的。從來就沒有。

她不打算傳簡訊給他。

她不希望這個訊息在他的手機裡沒頭沒腦地冒出來。不過，她可以在臉書上發個私人訊息。她抓住桌沿，思索著如何下筆。

她會這樣開頭：「嗨，很抱歉……」接著說她瞭解他何以卻步，說自己有時候對事情投入過深，還有，呃，說什麼都行，反正只要她不把自己當回事，說不定他也就不會把她當回事。

她打開電腦。

螢幕亮起。

曾經，山阻水隔的情侶會藉著燭光端坐案前，蘸著墨水在羊皮紙上寫下無法磨滅的辭藻。

他們會花一整晚字斟句酌、梳理思緒，說不定隔天晚上也是。寄信的時候，他們會寫上名字、街道、城市、國家，最後將蠟融化，蓋上印戒，封緘。

莎拉從來不知道有這樣一個世界。如今，速度擊垮了文字的質感。能快速發送才是最重要的。如果莎拉活在一個比較古老、步調較慢的世界，接下來的事就不會發生。可惜，她活在現代的世界。

所以它發生了。

她進入伊森的臉書頁面。

他的相片跳出來，咖啡一般深的頭髮，朦朧惺忪的眼，「似笑非笑」的微翹嘴角。然而，她還沒按鍵發訊息給他，眼睛已經瞄到他最新的貼文。她的眼睛開始眨動，接著湧出淚水。一股噁心想吐的感覺開始在她體內蔓延。她讀了兩遍。三遍。四遍。

「莎拉．雷蒙對我投懷送抱。哇。難以置信。太好心就會這樣。」

突然間，她無法吞嚥。她無法呼吸。如果這個房間突然著火，她會被燒成焦炭，因為她無法讓自己從椅子上站起來。她的胃像是繞著一個柱子百轉千折，兩端還被用力拉緊。

「莎拉．雷蒙對我投懷送抱。」

她的名字出現在他的網頁。

「哇。難以置信。」

一隻不受歡迎的貓極力想爬上他的膝頭。

「太好心就會這樣。」

只是這樣嗎？他只是好心而已？

她渾身發抖，不斷地大口換氣。在他的發文下面是一長串的頭像，很多人做了回應——有數十則之多。

「眞的假的？」一則寫道。

「你＋莎拉＝噁。」

「去看電影：他其實沒那麼喜歡妳。」

「老弟，她屁股太大。」

「早知道她是個爛貨。」

「老兄，快逃！」

像個噩夢一樣；那種你一絲不掛站在台上，被每個人指指點點的噩夢。伊森已經昭告全世界，而世界站在他那邊；現在，莎拉．雷蒙永遠（虛擬空間裡片刻不就是永恆？）會是個你必須好心對待、一個搞不清楚狀況的可悲女生，一個被她同齡的人口誅筆伐、位居社交階梯最低層級的廢物。

「莎拉・雷蒙對我投懷送抱。」

對他投懷送抱？可是，他不是親她了嗎？

「哇。難以置信。」

難道她就那麼討人厭？

「太好心就會這樣。」

難道這是施捨？美天鵝可憐醜小鴨而已？

「她不就是那個科學怪胎？」

「永遠不要對神經病太好。」

「她外表眞會騙人。」

「倒楣到家了，伊森。」

莎拉猛地關上電腦。她聽到自己咻咻咻地喘著氣——吐氣、吐氣、吐氣。她疾奔下樓，衝出前門。那些拇指般大的小小頭像不斷在她腦海裡旋繞，嘲笑著她的悲慘。過去被拒的記憶再次翻開，像一本被摸爛的書破損的書頁。她又是那個肥胖的莎拉，因為被一個女生取笑而從學校逃回家。她又是那個沒人愛的莎拉，父母離婚後，連爸爸都不要她。她又是那個怪胎莎拉，老是拿著科學課本坐在學校餐廳角落。而現在，她成了外表會騙人的莎拉、瘋狂跟蹤者莎拉，成了伊森臉書上的一則貼文，一個從一部電腦傳到另一部電腦的笑話，就像演唱會上傳遞的彩色大氣球，永遠不會落地。

她渾身顫抖，在輕落的雪中狂奔，臉上撲簌的淚水在冷冽的空氣中變硬。她沒有人可以傾訴，沒有人能夠安慰她。只有無邊無際的黑暗與孤寂，而且她再也不可能回到學校去。*她該怎麼辦？該怎麼辦？*

生平第一次，她想到結束自己的生命。她思索著要怎麼做，什麼時候做。至於為什麼，她已經有了理由。

除夕

一個人。

一粒沙。

時間老人中止了整個世界。

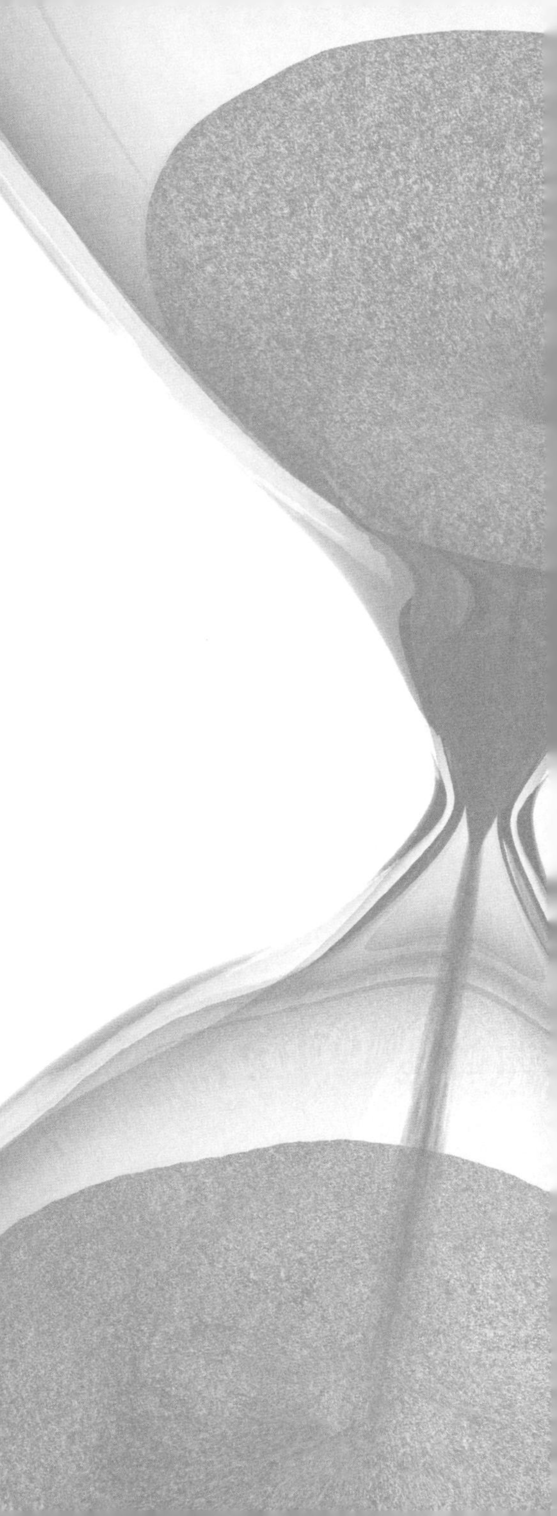

60

晚上八點。葛芮絲在鏡前穿衣打扮。

她並不想去。她會去打個招呼，捐出支票，立刻回家。她已經化好妝，頭髮也弄好了。這件禮服需要拉拉鍊，過去一向是維克特替她代勞。她以彆扭的姿勢將手伸到背後，試了好幾遍。第三遍，手指找到了拉鍊，她成功地拉上了它。她的淚水奪眶而出。

她走進廚房，倒了杯冷薑茶。她擦擦眼睛，將茶端去給維克特。他好像在睡覺。

「甜心？」她輕聲喚他。

他睜開眼睛，眨了眨。她穿著絲緞晚禮服，綴有流蘇薄紗和裝飾亮片。

「看看妳……真漂亮。」

她咬咬下唇。距離上回他稱讚她漂亮有多久了呢？新婚的那些年，他時常這樣做；在鄉村俱樂部擁舞之際，在她耳邊細語：「作為全俱樂部最漂亮的女人，滋味如何啊？」

「我不想去。你聽你的聲音——」

「去吧。一個晚上不會發生什麼事。」

「你確定？」

「妳去去就回來吧。」

「我端了茶來。」

「謝謝。」

「你要盯著他喝，」她對盡職坐在起居室一角的羅傑說。羅傑點點頭。她轉回頭面對丈夫。

「你喜歡我的耳環嗎？三十週年結婚紀念日你送我的，記得嗎？」

「記得。」

「我一直都好喜歡。」

「漂亮極了。」

「幾個小時後見。」

「好。」

「我會盡快回來。」

「我會……」

他的聲音斷在那裡。

「會怎樣？親愛的？」

「會在這裡。我會在這裡。」

「那好。」

她親親他額頭，拍拍他的胸。她迅速直起身，忍住眼淚，快步離去。她的鞋跟踩在玄關瓷磚上，踅音慢慢消逝。

維克特感到心痛和愧疚。

他對葛芮絲說的最後一句話是個謊言。等她回來，他不會在這裡。他會趁她不在，動身前往人體冷凍公司。這就是他的計畫，是他慫恿她去參加餐會的原因。

他差點出聲要她回來。可是一陣暈眩襲來，他垂下頭，倒向一邊。花了這麼多星期這麼多個月，他所計畫的一切，事實上是他成年之後的整個人生，就要在接下來的幾個小時內到達高潮。現在不是偏航的時候。計畫必須固守。

可是……

他叫喚羅傑，羅傑走近，彎身附耳過來。他在羅傑耳邊低聲說了什麼。

「瞭解嗎？」維克特喘著大氣。「萬一這事發生，你必須毫不遲疑。」

「我瞭解，」羅傑回答。

維克特虛弱地吸了口氣。「那，我們走吧。」

61

晚上八點。蘿倫在鏡前穿衣打扮。

她討厭新年派對。可是她每一年照去不誤。她跟她那些離婚的朋友約法三章過，不能在寂寞感受格外強烈的夜晚拋下彼此，讓任何人落單。

她對著頭髮噴定型液。她朝走廊覷了一眼，看看有沒有莎拉的身影。她很擔心女兒。五天了，莎拉幾乎沒踏出房門一步，身上老是同樣一套黑色運動長褲、綠色舊T恤。她很想問前幾天那雙高跟鞋是為誰而穿，可是她對於這樣的話題從來沒有施力點。女兒的冰冷會把她凍壞。

蘿倫回想當年，那時除夕夜還是全家一起活動的日子。她想起那年十二月，一家三口進城來，站在時代廣場上凍得發抖，看著新年球落下。當時七歲的莎拉個頭還小，還可以坐在湯姆肩頭。她吃著爸媽向一個街頭小販買來的蜜汁胡桃。就快午夜十二點了，天開始飄雪。莎拉跟著數百萬的人一起大聲倒數：「三……二……一……新年快樂！」

那天晚上蘿倫很快樂，她拍了好多相片。然而，等他們坐進車裡，湯姆邊撣去頭髮上的雪片邊說：「以後，我們再也不必做這種事了。」

她走到走廊盡頭去敲莎拉的房門。

她聽到輕柔的音樂聲。一個女歌手的聲音。

「寶貝？」

等了好一陣子。

「幹嘛？」平板的回答傳來。

「只是跟妳說掰。」

「掰。」

「新年快樂。」

「嗯。」

「我不會太晚回來。」

「掰。」

蘿倫聽到門外有人按汽車喇叭。她的朋友來了。

「妳今天晚上有沒有要跟朋友出去玩？」她恨不得不提這個問題。

「我不想出去玩。」

「噢。」蘿倫搖搖頭。「那我們明天一起吃早餐，好不好？」

一陣靜默。

「莎拉？」

「不要太早。」

「不會太早，」蘿倫說。

又一聲喇叭。

「小乖，晚點我再打電話給妳。」

她步下樓梯，走到門邊，嘆了口氣。很高興今年不是輪到她當司機，她真的很需要喝點酒。

莎拉已經在喝酒。是她從餐廳櫥櫃裡拿進來的一瓶伏特加。

今晚，她要終結自己的性命。這是最合理的安排。她母親不在家，整個屋子靜悄悄，沒有人會發現她。不是有人把除夕稱作一年當中最寂寞的夜晚嗎？知道地球上某個角落或許有人跟她一樣悲慘，她感到一絲安慰。

它們難道不知道，這個世界已到末日？
當我失去你的愛，那就是世界的末日。

查到女歌手的名字後，她將這首歌下載到手機裡，已經播放了好幾天。她幾乎沒離開過房間，沒洗澡，也幾乎沒吃過東西。昨天蘿倫看到她從浴室出來，還是同樣的黑色運動長褲、綠色舊T恤，她母親就問：「寶貝，妳是怎麼了？」莎拉扯了個謊，說她正在準備資料申請大學，所以就沒管自己邋不邋遢。

她直接對著酒瓶灌下一大口，感覺酒精在喉頭裡燃燒。她想，我死後，他們或許會問伊森有關伏特加的事，逼他承認這個他**超級沒興趣**的女生兩星期前還跟他在一起喝過酒。她知道她無法再面對他或任何認識他的人，甚或任何知道他倆事情的事，換句話說就是所有的人，不是嗎？她毫無遮掩。無處可躲。到了班上，除了她低垂的頭、撐開的手肘，她全無藏身之處。她知道事情會變得怎樣。每個人都在談妳。在妳背後擠眉弄眼。電腦上會有更多留言。「眞的假的？」「老兄，快逃！」「早知道她是個爛貨。」老天。這些人，這樣撻伐她、這樣附和著伊森說不相信莎拉·雷蒙這等廢物也敢爬出自己的洞窟，簡直像是樂不可支。她感覺自己一文不值，像個空殼。再也毫無希望挽回局面了。

既然沒有希望，時間就是懲罰。

「現在就一了百了吧，」她喃喃自語。

她拿起酒瓶和手機，跌跌撞撞走到車庫。

62

時間老人一直在觀察這兩個人。

他先是站在維克特垂死的肉體旁，看到羅傑將它抬入一輛休旅車。他跟著車子來到冷凍公司，隨著一聲軋響，倉庫的車庫門應聲而開。

他看到這位名列全球第十四的大富豪像貨品一般被抬了進去。

這是今年的最後一夜，再過一小時便是午夜。羅傑和杰德將維克特的推床欄杆放下來。醫生和法醫交頭接耳說了什麼，兩人手上拿著文件。近旁放了一個巨大澡缸，比人還大，裡頭裝滿冰塊。

維克特就快失去神智了，他呼吸短而急促。醫生問他要不要服鎮靜劑，但他搖搖頭。

「文件準備好了嗎？」他有氣無力地問。

聽到法醫肯定的回答，維克特深吸一口氣，閉上眼睛。他記得的最後一件事，是冷凍公司負責人杰德一面將他手裡的懷錶取走一面告訴他：「我保證，我會好好處理它。」

四隻手伸到他的身軀底下將他抬起。

可是多爾就站在角落。

他轉動了沙漏。

在此同時，在郊區的一個車庫裡，莎拉・雷蒙已經轉動車鑰匙，打開了藍色福特汽車的引擎。

現在，她唯一要做的是等待，其他的交給毒氣就行了。多麼容易，她有資格做些容易的事。她對著伏特加酒瓶灌下一大口，幾滴酒汁濺到她的下巴和上衣。那首悲傷的歌透過她的手機一遍一遍地播放，在引擎的嘈雜聲中幾乎難以聽見。

我早上醒來，很不明白

為什麼一切還是如同往常。

我不明白，真不明白，

為什麼生活還是一樣運轉。

「不要管我，」莎拉囈語著，腦中出現伊森的畫面，他酷帥的姿勢、濃密的頭髮、走路的模樣。他會後悔的，她告訴自己。他會感到愧疚。

為什麼我的心臟還在跳動？

她頭昏得厲害。

為什麼我的眼睛還會哭泣？

她往後癱倒。

它們難道不知道，

她開始咳嗽。

這個世界已到末日？

她不斷咳嗽。

當你跟我說再見，那就是世界的末日。

她的眼睛慢慢閉上，一切似乎都停了。她彷彿看見，擋風玻璃外頭有個人慢慢趨近，也好像聽到那個人尖聲大叫。

63

多爾尖聲大叫，是因為挫折。

他已經轉動了沙漏，可是除此之外他還能做什麼？他可以讓時間放慢，但無法讓它完全靜止——當他研究汽車，那些車始終在移動中，只是速度微乎其微；當他研究人，那些人依然有呼吸，只是慢得讓他們渾然不覺多爾就近在身邊。

靠著沙漏的力量，多爾可以任意彎折、壓縮他周遭的時間。他不知道自己何以被賜予這樣的力量，但他知道，光是這樣並不夠。或遲或早，時間依然會流逝。或遲或早，維克特會被冰塊覆蓋，被開膛剖肚。或遲或早，一氧化碳會在莎拉的血管裡蔓延，導致組織缺氧，神經系統中毒，心臟衰竭。

這不可能是他被派來地球的原因：眼睜睜看著他們死去。他們是多爾背負的任務，是他命運所繫。然而，在他尚未發揮任何影響力之前，這兩個人已不約而同地採取了極端手段。多爾失敗了，太遲了。

除非……

沒有什麼是太早或太遲的，老人這樣說過。**該是什麼時候就是什麼時候**。

多爾在兩個大垃圾桶前蹲下，兩手合掌貼在唇上，閉上眼睛，試著將那個聲音從外面無數的雜音當中分離出來，就像他常在洞穴裡做的那樣。

該是什麼時候就是什麼時候。

難道就是這個時候？可是，他要怎麼做才能留住這個片刻呢？多爾將自己所有關於時間的知識回想一遍。

什麼是時間的常態？

是移動。沒錯。只要時間存在，就永遠會有移動。西落的太陽。滴落的水。擺盪的鐘擺。滿溢的沙。要完成他的宿命，就必須中斷這樣的移動，他必須讓時間的流動完全中止……

他張開眼睛，急忙起身，鑽進車內，一手托在莎拉肩下，一手托住她的膝彎，一把將她抱起。

舊的一年即將結束。再過幾分鐘就是新的一年。時間老人把奄奄一息的莎拉抱入雪地。雪花凝懸在月光下，一片片數得出來。

他行過車水馬龍和派對燈火通明的冬日景象。

他抱著莎拉，她的頭靠在他胸前，眼睛半睜半閉地望著他。他很同情這個女孩。

想要減少時間。老人曾經這樣形容她。

多爾想到自己的小孩。他不知道他們可曾變得這樣不快樂，不快樂到想要放棄這個世界。他希望沒有。話說回來，他自己不也曾經多次希望生命早點結束？

他沿著高速公路前行，穿過一條隧道，經過一座體育館的停車場。停車場裡人潮洶湧，張貼的牌子寫著：新年嘻哈通宵晚會。等他走到黑漆漆的工業區和那棟人體冷凍公司的建築，以他的時鐘計算，他已走了兩天，以我們的時間計算卻是一秒不到。

他必須把莎拉和維克特放在一起。如果這個時刻就是事情應該發生的時候，多爾不可能再在兩個生命之間來回穿梭。

他抱著莎拉，進入擺放著巨大冷凍圓筒的倉庫。他將她倚牆放下，自己步入維克特正準備被冷凍的房間。他從數人圍繞的輪床上抱起維克特的身體，也將他帶進倉庫，放在莎拉身旁。他的拇指一左一右按在兩人手腕上，終於感覺到極其微弱的脈搏。兩人命懸一線，但還活著。

這表示多爾的辦法還有機會。

他蹲在他們之間，將兩人的手拉過來放在沙漏上。

他將他們的手指折彎，放在沙漏穗狀的把手上，希望他們能與沙漏的力量連結。接著，他將自己的手放置於沙漏頂蓋，用力握緊，一旋。

沙漏的頂蓋應聲鬆開。他將頂蓋取下。只見那蓋子飄到半空，發出一道藍光罩在三人身上。多爾朝沙漏的上半盅一望，一堆細緻無比的白沙出現眼前，鑽石般折射出點點晶光。

裡面裝載著宇宙所有的時刻。

多爾遲疑了。如果他的推論沒錯，那麼他的故事還會有個結局尚待續完，但如果他做得不對，他的故事就到此為止了。

他將拇指和食指捏在一起，一邊低聲呼喚「艾莉」——萬一他從此煙消雲散，他希望這是他最後出口的兩個字——一邊將手指伸入沙堆，直搗那道隔開已落的沙和未落的沙的細頸。

頃刻之間，他頭暈目眩，腦中出現億萬個畫面。他的手指感到刺痛，因為指頭的肉不斷從指骨上銷融剝落。他的手指越拉越長，變成了兩根細棒；越拉越細，直到尖薄如針，最後鑽進了沙漏中間的細頸。宇宙所有的時刻都在多爾的意識裡穿梭，他的心思也跟著沙漏的玻璃外殼不斷流轉，跨越在已經發生和尚未發生的時刻之間。

終於，靠著一股非人類所能及的力量，他將他兩根尖細如針的指頭緊緊一捻。他的眼睛像是火冒金星，他的頭劇烈向後甩。

一粒沙正往下落，眼看就要落底，就在那個瞬間，他抓住了那顆沙粒。

這是接下來發生的事……

美國洛杉磯到利比亞的黎波里的海岸邊，捲到一半的海浪凝結在中途。

雲不再飄。氣候停息。墨西哥的雨點垂掛在空氣裡，突尼西亞的一場沙塵暴變成永恆停駐的飛砂走石。

地球上沒有任何聲息。跑道上剛起飛的飛機靜靜懸於半空。吸菸客吐出的煙依然濃雲密霧，久久不散。電話死寂。螢幕空白。無人說話，無人呼吸。地球被陽光和黑暗固定成兩半。夜空中的新年煙火依然維持著潑灑之姿，無數條紫色綠色的絲縷被定格在那裡，彷彿是小孩子在蒼穹裡塗鴉，畫到一半一溜煙跑了。

沒有人出生，沒有人死亡。沒有東西靠近，沒有東西走遠。眾所周知永遠在行進的時間，現在停歇了腳步。

一個人。

一粒沙。

時間老人中止了整個世界。

靜止

六千年來第一次，他感覺到疲倦。

「你們沒有死，」他開口說道。

「你們正置身於某個時刻當中。」

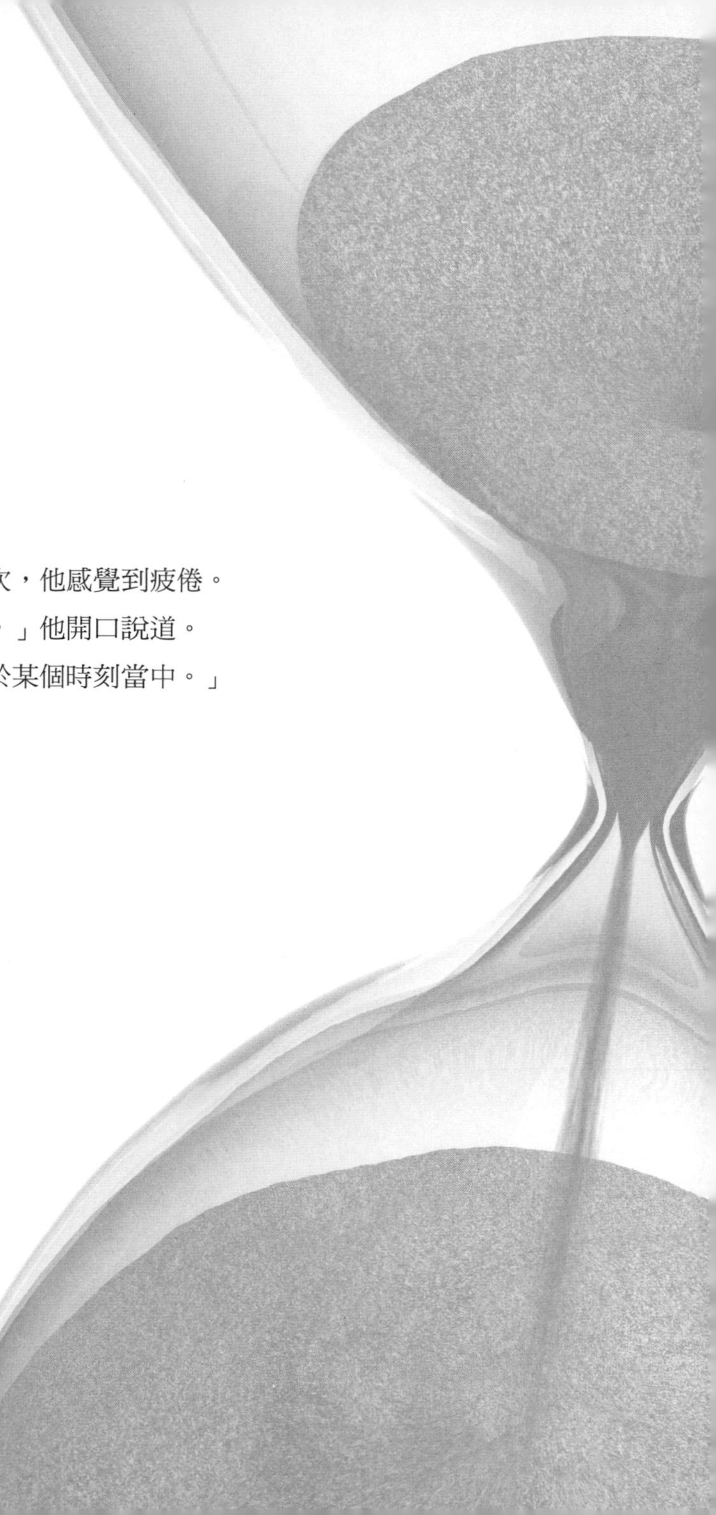

64

維克特原本預期會更痛。

在他的想像裡，除了癌本身的痛，除了腐爛中的肝臟，身體驟然遭到冷凍的休克狀態應是痛苦難當才對。他曾經在一場運動競賽中被一桶冰水當頭灌下，作為慶祝活動的節目之一。當時他的神經末梢感覺像是被刀劃過，如今整個人要被浸埋在冰裡，那種滋味他只能想像。當他在冷凍公司裡閉上眼睛，心裡已經做好這樣的準備。

這非但沒有發生，他反而感覺突然輕盈起來，而且活動自如，一種他早已淡忘了的滋味。他抓住床沿，只是他現在看到，那並非床沿，而是一個……沙漏，而且他身在倉庫，周遭都是巨大的纖維玻璃圓筒，而且……這是怎麼回事？

他站起身。

毫無痛楚。

也沒有輪椅。

「你是誰？」一個女孩的聲音問道。

65

莎拉以為自己抓住的是方向盤。

然而，隨著視線逐漸清明，她看到自己的手握在一個看來很奇怪的沙漏把手上。是場夢吧，她想。一定是。一個她從未見過的房間？一個穿著睡袍躺在地上的老人？她感覺身體沒有不舒服，就連喝酒的暈眩感也無，於是站起身四下張望，感覺自由又輕盈，就像你在夢裡腳不著地那樣。

等等……

她跺跺腳。她沒有踩到地的感覺。

等等……

車庫哪裡去了？那部福特汽車呢？那首歌呢？她驀然想起讓她窒息的那片黑暗，

讓她想要尋死的徹底絕望。可是，她死了嗎？她是在哪裡？

莎拉走出倉庫，沿著甬道來到一個較小的房間。她伸頭一望，立刻縮了回來。她好像看到四個人圍繞在一個大澡缸旁邊，只是，那些人動也沒動。沒有任何聲響。她突然感覺好像在做那種殭屍的夢，於是急忙走回她甦醒的那個大房間，卻看到那位老先生已經起身，正在四處走動。

「你是誰？」她尖聲驚問。

他對她怒目而視。

「妳才是誰？」他厲聲反問。「妳怎麼會到這裡來？」

莎拉沒料到對方會有回應，更別提是用責罵的語氣。她突然好害怕。如果這不是一場夢呢？她到底做了什麼事？莎拉瞥見裝卸區近旁有一扇打開的門，她立刻衝出門去，奔入茫茫雪夜。街尾有輛車，車燈亮著，車卻沒動。有個加油站好像開著，卻見一個顧客手執加油槍靜止不動，活像個站崗的警衛。最奇怪的是，雪花停駐在半空中。莎拉舉起手朝雪花輕輕揮去，但她的手穿雪而過。

她跌坐在地，身體縮成一團。她遮住眼睛，死命閉緊，想弄清楚自己究竟是活著還是死了。

66

維克特心想，自己會不會是卡在陰陽兩界之間。

他聽過一些故事，說有人在瀕死之際飄浮出竅。如果你活生生地被冷凍住，說不定就會這樣：你的身體受困於皮囊，靈魂卻東飄西蕩。不用輪椅？不用枴杖？在科學把你召回要你二度出場之前，沒有血肉之軀也沒有筋骨，這樣好像不算太糟。

只有兩件事困擾他。

第一，他還在自己的身體裡面。

第二，那個女孩是誰？

她穿著綠色T恤黑色運動長褲，一張完全陌生的臉。會不會是我胡思亂想？他暗忖。或者像那些曾經在夢裡出現過的臉，可你就是認不出來？

反正她現在也不見了。他在那些個裝滿液態氮的巨大圓筒當中遊走，心想自己會不會在另一個時空裡已被放入其中一個圓筒。說不定現在的他就是這樣：身體在裡面，靈魂在外遊蕩？可是，如果這裡的時間沒有在動，其他地方的時間怎麼會動？

他試著去摸那些圓筒，但無論如何也摸不著。他看到一條梯子想去抓它，手掌就是握不住梯緣。事實上，不管他看到什麼，他完全都摸不到。就像在抓鏡中的反影一樣。

「這是什麼地方？」

他霍地轉身。那女孩回來了。她環胸抱著自己，好像很冷的樣子。

「我怎麼會到這裡來？」她邊說邊發抖。「你是誰？」

這可把維克特搞糊塗了。如果他的靈魂正在身體外面遊蕩，那就無從解釋何以另一個人同樣也能感知到他，而且跟他同處一室，還問他問題。

除非……

她的身體也在圓筒裡面？難道，她也被冷凍了不成？

「這是什麼地方？」她又問了一遍。

「妳不知道？」

「我從來沒見過這個地方。」

「這是一間實驗室。」

「做什麼實驗？」

「儲存人體。」

「儲存……？」

「把人體冷凍起來。」

女孩睜大眼睛，直往後退。「我不要……我不要……」

「不是妳，」他斷然結語。

他走到一個圓筒旁邊，再度試著去摸它。毫無效果。他看到編了號的白色木格裡有鮮花，試著用腳去踢，但連半片花瓣也沒動彈。

這完全沒道理。他的身體？這個女孩？他精心策劃的計畫？他轉過身滑坐在地，但沒感覺身體下面有地板。

「這些東西裡面有裝人？」女孩問。

「對。」

「你本來要被裝在裡面？」

他別過頭去。

女孩也坐下來，不過保持著一個相當的距離。

「老天……」她囁嚅問道。「為什麼？」

67

多年來，維克特甚少對陌生人提及自己的一生。

他幾乎從不接受訪問。他相信，說到金錢，守密是個最佳盟友。情報可能會在無意間洩漏出去，隔天哪個對手就會把你打個落花流水。下手要快，要不就等死。這是一句形容商界生態的玩笑話。**人只有兩種，下手快的人和等死的人。**

而現在，維克特・迪拉蒙兩者都不是。

這個場景，這個冷凍公司裡的這片空無，不是煉獄就是幻影。不管哪一種，守密對維克特而言都不再必要。於是，他把自己幾乎從未告訴任何人的一切，告訴了這個穿運動長褲的女孩：他的癌症，他的洗腎，他計畫要以計謀打敗死神，在遙遠的未來再活個一生一世。

他告訴她，他不應該在這裡，這個倉庫裡。他告訴她，照理說，他應該甦醒於多年之後，以一則活生生的醫學奇蹟重生，而非一個幽靈還魂。

女孩專心聽著他的故事。當他提及某些科學知識時，她甚至會點頭，這讓他感到驚訝。這女孩比她的外表來得聰明，雖然她的模樣活像一個睡公園板凳的遊民。他差點說出自己只差幾秒鐘就要在另一個房間裡被冰塊浸泡，還好及時住了嘴。好像說太多了。

維克特說到中途，女孩曾問，他太太對他把自己冷凍起來可有什麼想法。

維克特顯得躊躇。

「噢，」她說。「你沒告訴她。」

她比她的外表來得聰明。

68

莎拉・雷蒙以前常跟爸媽聊天。

聽維克特的故事，讓她想起那樣的往日。她從小就常坐在爸媽臥室地板上，一面玩弄著抱枕的穗飾，一面回答爸媽問她的關於學校的事。她成績全A，數學和自然科學尤其拿手，而她在實驗室當技師的父親湯姆，這時會站在鏡子前，一手摸著他日益稀薄的金髮，一面跟她說要繼續加油。他會這樣告訴她：如果她以後想當醫生，他保證毫無問題。替廣播電台賣廣告的蘿倫，這時則是靠在床上，邊吞雲吐霧邊說：「寶貝，妳讓我好驕傲。去幫我拿根雪糕冰棒來好嗎？」

「妳不能再吃雪糕冰棒了，」湯姆就說。

他們離婚的時候，莎拉十二歲。蘿倫得到了房子、家具和愛吃多少就有多少的雪糕，外加兩人獨生女的全時監護權。湯姆去做了植髮，得到一艘船和一個名叫瑪麗莎、對於跟別人女兒相處毫無興趣的女友。湯姆和女友結婚後，就搬到俄亥俄州去了。

在眾人面前，莎拉選擇跟母親同一國，說自己跟著這位「好母親」住很快樂，因為把事情搞砸的不是蘿倫。可是，跟很多小孩一樣，她內心深深思念著不在身邊的那個父親，還會揣想父母婚姻破裂有多少是自己的錯。她父親越少打電話來，她對他的思念就越殷切；她母親越常抱她，她就越不想讓母親抱。她長得像母親，連聲音都像，到了八年級，她連感覺都開始向母親看齊，老覺得自己沒人愛或是不值得人愛。因為吃太多，她越來越胖，而且因為父親曾經讚美她會讀書，所以她老是窩在家裡唸書，而與其他小孩保持距離。也或許她內心深處以為這樣就可以拉近父女的距離。每學期的成績單她都寄給他。有時候他會以一封短箋作為回覆：「**莎拉，乖女兒。繼續加油。**」有時候毫無回音。

升上高中後，她的朋友屈指可數，日常作息一成不變：科學實驗室、逛書店、週末待在家裡打電腦。至於派對，她只有聽說的份，而且聽到的時候都已是過去式——其他同學會在週一早上導師課時吹噓。是有幾個數學班的男生找過她，她也跟其中兩個出去過；去看電影、參加學校舞會、到遊戲場打電動，甚至為了嚐嚐每個人都在談論的那種滋味而親過幾次嘴，可是那些男生最後都不再打電話來，而她私底下也如釋重負。她不曾感受到任何火花。她想，說不定自己永遠也不會感受到。

伊森改變了一切。他為她遊魂般的飄泊畫下句點。光是想到他的臉，就取代了她所有的思緒。她願意為伊森放棄全世界，而她已經這樣做了。

可是，他從來不曾真正喜歡她。到頭來，他還揭穿了她的真實面貌，一個她向來就害怕的自己：可悲。之後，這種心情就成了一個無底深淵。

她把大部分的來龍去脈告訴了維克特，因為這個穿睡袍的老人先將他的故事告訴了她：他的冷凍計畫和他的妻子。孤零零的兩個人在這座令人毛骨悚然的倉庫裡，莎拉感覺好疲憊也好困惑。據她猜想，維克特可能知道更多，只是沒說出口。可是她越深入伊森的故事，那股熟悉的沮喪感就越發強烈。她的故事說到車庫那一段之前就打住了，沒提伏特加、那首悲傷的歌，也沒提發動的引擎。她不想承認她試圖輕生，她不想對一個素昧平生的陌生人說。

維克特問她怎麼會來到這個冷凍公司，她說她不知道。她確實不知道；她一醒來就發現自己握著一個沙漏。

「我依稀記得有人抱著我走來。」

「抱著走來？」

「是那個男人抱著我。」

「哪個男人？」

「他在鐘錶店工作。」

維克特看著她，彷彿她一下子被刷上粉紅色油漆。

他們聽到一個圓筒後面傳來聲音。

69

是多爾在咳嗽。

他張開眼睛，彷彿從睡夢中醒來，雖然他已經數千年沒有闔眼入眠。他躺在地上，連眨了幾次眼，才意識到維克特和莎拉就站在他身旁。

他們的問題立刻連珠炮般射向他。「你是誰？」「我們現在在哪裡？」多爾努力清理思緒。他只記得那些刺目的色彩，接著一片天昏地暗，半空中自己不斷下墜，還有那個沙漏——**沙漏呢？**——這才看到它握在莎拉手裡，頂蓋已經還原封好。他隨即意識到，如果他們還活著，那麼他的推論就沒有錯。現在，他可以——且慢。

他剛才是不是咳嗽了？

「你跟這些事情到底有什麼關係？」維克特問。

「我怎麼會跑到這裡來？」莎拉問。

「我是不是被人下了藥？」

「我的家去哪裡了？」

「我為什麼感覺不到半點病痛？」

「我家的車呢？」

多爾無法專心。他剛才咳嗽了。在洞穴裡的漫漫歲月中，他從來不曾咳嗽、打噴嚏，就連喘個大氣也無。

「回答我們，」維克特說。

「回答我們，」莎拉說。

多爾低頭望向他的右手，他的指頭已經恢復血肉。他將拳頭握緊，鬆開。

單單的一粒沙。

多爾曾在洞穴壁上刻了一個擀麵棍的形狀。

它象徵著他們第一個小孩的出世。在多爾那個時代，難產需要接生婆在孕婦肚皮上抹油或是用一種特殊的擀麵棍搓揉肚腹，以緩解疼痛。她們在艾莉的子宮上搓揉，在艾莉大聲哀叫時替她祈禱，這些多爾都看在眼裡。小孩生出來了，健健康康的。多爾時常在想，何以這樣簡單的一樣東西，一根即使在最偏遠的窮鄉僻壤也找得到的擀麵棍，能對這樣重大的事情產生影響。

後來一個阿蘇告訴他，答案是：只有具有魔力的擀麵棍才做得到。魔力來自神明的賜予。只要被神碰觸過，尋常的也可能具有超能力，簡單的也會變得神奇。

一根擀麵棍，可以催生一個小孩。

一粒沙，可以讓世界靜止。

現在，看著這個穿運動長褲的女孩和這個穿睡袍的老人，多爾明白了：目前為止，是這些物質的魔力將他帶到這一步。

其餘的就靠他自己了。

「拜託告訴我們，」莎拉說，聲音開始發抖。「我們是不是……死了？」

多爾搖搖晃晃站起身。

「沒有。」

六千年來第一次，他感覺到疲倦。

「你們沒有死，」他開口說道。「你們正置身於某個時刻當中。」

他攤開那一粒沙給他們看。「就是這個時刻。」

「你在胡說些什麼？」維克特問。

「這個世界已經停止了。你們的生命也跟著它暫停，雖然此時此刻你們的靈魂是在這裡。你們在這一刻之前做過的事不能被抹去，至於這一刻之後做的事……」

他猶豫著沒說下去。

「怎樣？」維克特追著問。「之後做的事會怎樣？」

「尚未底定。」

莎拉看看維克特，維克特看看她。兩人腦海都浮現出他們記憶的最後一個畫面：莎拉癱在車裡，不斷吸入毒氣；維克特即將變成一個醫學實驗，身體被人抬起正要放入冰堆。

「我怎麼會來到這裡？」莎拉問。

「是我把妳抱來的，」多爾回答。

「我們現在要做什麼？」維克特問。

「上帝自有計畫。」

「什麼計畫？」

「我現在還不知道。」

「如果你不知道，你怎麼知道上帝有計畫？」

多爾數度摩挲他的額頭，他的臉在抽搐。

「你還好嗎？」莎拉問。

「會痛。」

「我不懂。為什麼選上我們兩個？」

「你們的命運很重要。」

「比全世界其他的人都重要？」

「不見得。」

「你怎麼會找到我們的？」

「我聽過你們的聲音。」

「別說了，」維克特舉起兩隻手。「別再說了。夠了。聲音？命運？你不過是個鐘錶店的修錶匠。」

多爾搖搖頭。「此時此刻，用肉眼去判斷事情很不聰明。」

維克特別過頭去，試著用他一貫的做法，在別人無能解決問題的時候，自己尋思解決。多爾抬起下巴，張開嘴巴。他的聲帶變成一個九歲的法國男孩。

「請讓昨日重現。」

維克特認出自己的聲音，霍地轉過身來。現在，多爾的聲音又變回維克特成年人的版本。多爾轉身面對莎拉。「叫它停下來，」他說，聲音跟她一模一樣。

維克特和莎拉嚇得目瞪口呆。這個人怎會知道他們私下的心念？

「是你們先找上我，」他說。「我才來找你們的。」

莎拉仔細端詳他的臉。

「修理鐘錶其實不是你的工作，對不對？」

「我寧可鐘錶統統壞掉。」

「為什麼？」維克特問。

多爾看著手掌中的那粒沙。

「因為我就是創造了鐘錶的那個罪人。」

未來

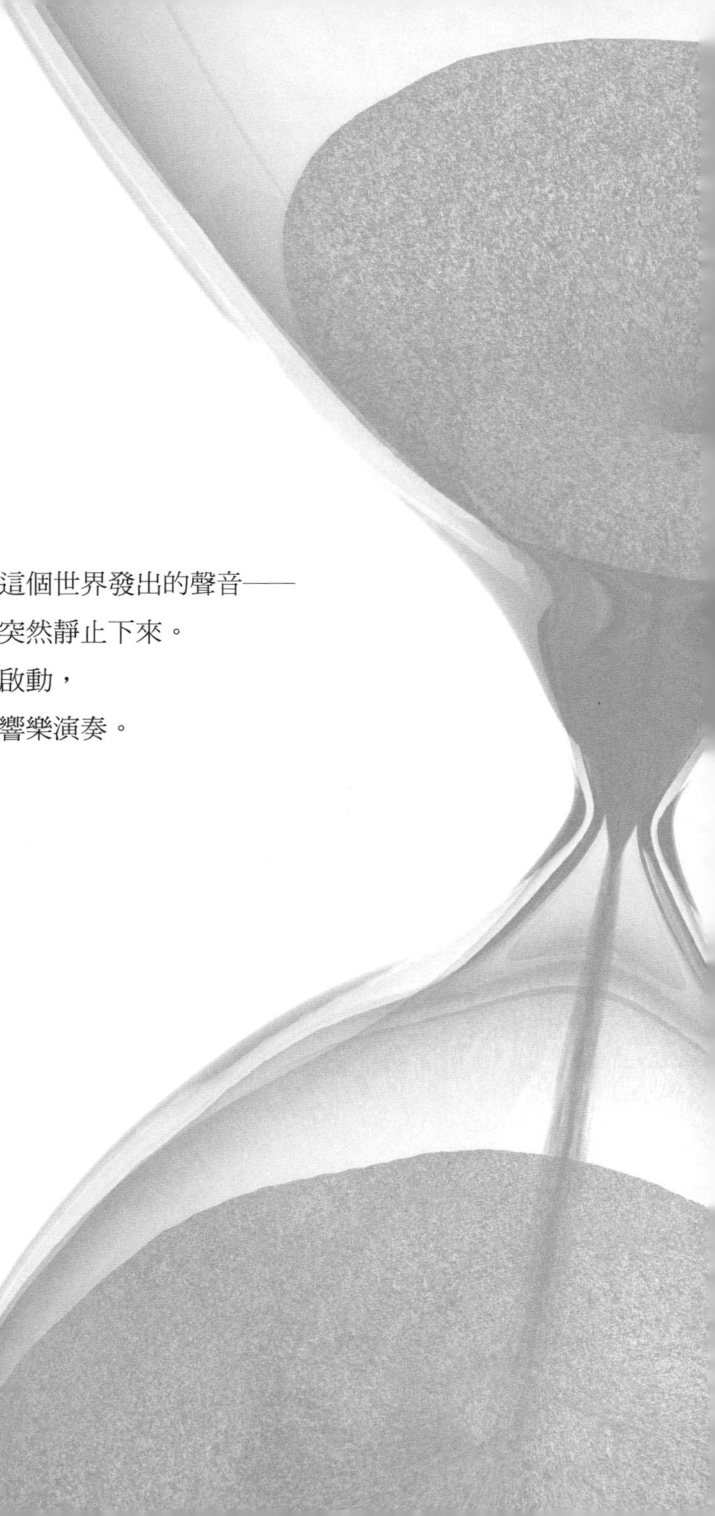

我們不會察覺到這個世界發出的聲音——
當然，除非世界突然靜止下來。
然後，當它重新啟動，
聽來就像一闋交響樂演奏。

70

在多爾比較快樂的那段日子裡，他兒子曾經問他一個不尋常的問題。

「我以後會跟誰結婚？」

多爾微笑，答說他不知道。

「可是你說過，石頭可以告訴你未來發生的事。」

「石頭是可以告訴我許多事，」多爾說。「它可以告訴我太陽何時升起、何時落下，月亮要經過多少個夜晚才會像你的圓臉這樣圓。」

他捏捏兒子臉頰。小男孩笑出聲，隨即別過頭去。

「可是那些是很難的事，」他說。

「很難？」

「太陽和月亮。它們都好遙遠。我只想知道以後我會跟誰結婚。如果你連很難的事情都知道，為什麼不能告訴我這個？」

多爾兀自微笑。他兒子的疑問，他自己在兒時也問過。多爾也記得自己得不到答案時的挫折。

「你為什麼想知道？」

「因為，」小男孩回答。「如果石頭說我會跟伊塔妮結婚，我會很高興。」

多爾點點頭。伊塔妮是一個製磚匠的女兒，個性害羞，長得很漂亮。她確實可能成為一個迷人的新娘。

「如果石頭說你會跟吉爾黛結婚呢？」

不出多爾所料，他兒子做了個鬼臉。

「吉爾黛太胖又太吵！」小男孩抗議道。「如果石頭說我會跟她結婚，我現在就要跑掉！」

多爾大笑，揉亂兒子的頭髮。小男孩撿起一顆石頭丟向遠處。

「不要吉爾黛！」他邊丟邊喊。

多爾看著石頭飛到院子那頭。

現在，多爾看著莎拉，想起那個時刻。

他心想，小吉爾黛現在不知怎麼樣了。她會不會跟這個莎拉一樣，被男人避而遠之？他想到兒子那顆飛過院子的石頭。這是年輕人的想法：如果你不喜歡你的未來，大可將它丟開。驀然間，他知道該怎麼做了。

他拿起沙漏仔細一瞧，果然跟他想的一樣，上半盅的沙子依然在上，下半盅的沙子依然在下，中間毫無流動。時間並沒有在行進。

多爾的手握住沙漏頂部，一旋，再度將這個古老計時器的頂蓋拿開。

「你在做什麼？」維克特問。

「在做我受命要去做的事，」多爾回答。

他將沙漏上半盅的沙，也就是尚待發生的時刻，傾倒在倉庫地板上。沙子源源不絕向外傾倒，吐出了何止一個沙漏的量，甚至遠遠超過一百個。他接著將沙漏側放在地，沙漏頓時放大成一個巨大隧道，傾倒出來的沙則化為一條路徑通往隧道中央。路徑閃閃發光，猶如月光映照於海洋。

多爾脫去鞋子，踩在沙上。他向維克特和莎拉打了個手勢。

「來吧，」他說。

他看著自己的手臂。六千年來第一次，他在流汗。

愛因斯坦曾經推論，如果你以極快的速度移動，你原來的那個世界的時間，相對而言其實會緩慢下來。

因此，在絲毫不會老的情況下在一旁觀看未來，至少理論上有其可能。

莎拉在物理課上學過這個理論。維克特數十年前也讀過。現在，在這個被凝結於一個呼吸之間的空間裡，他們受邀要去測試這個理論，要在世界靜止之際往前行進，要沿著沙徑進入一個巨大的沙漏，而邀請他們的是個穿著黑色高領衫、深色頭髮、身材精瘦的男人，而他們目前對他僅有的認識是：他在一家鐘錶店工作。

「你要去嗎？」莎拉轉頭問維克特。

「這些玩意兒我壓根不信，」他回答。「我有文件，有合約。有人故意破壞我的計畫。」

莎拉吞吞口水。出於某個原因，她真的很希望這個老人跟她同行，唯有如此，她才不至於落單。她感覺他像是自己最重要的朋友。

「拜託你？」她低聲懇求。

維克特別開臉去。他身上的每一分理性都要他別去。他不認識這個女孩。還有，這個鐘錶店夥計可能是任何人，或許是江湖郎中，或許是個會變戲法的騙子。可是，她那樣懇求他。**拜託你**。聽起來雖然傻氣，卻是幾個月來他聽過的最純真的聲音。少有人能夠親近維克特，以這樣私人的方式懇求他。

他舉目四顧，望著這個冷凍公司。在這裡等著他的，只有這一幅凝結不動也摸不著的景象。他看看莎拉。

在你最孤單的時刻，你會領悟到另一個人的寂寞。

維克特牽起她的手。

一切陷入黑暗。

71

一開始，感覺像是爬上一座看不見的橋。

他們行走在一片幽深的空無中，一絲光線也無。除了足下金光一閃旋即消失在身後大片黑暗的腳印外，什麼都看不見。

莎拉握緊維克特的手。

「妳還好嗎？」他問。

她點點頭，但當他們開始往下走，她的手握得更緊了。她全身發抖，彷彿有什麼恐怖的命運等著她。莎拉跟他不一樣，維克特心想。他倒是迫不及待想知道自己的第二人生會是什麼模樣。不過，這個女孩曾經遭遇可怕的事。不管她表現得多聰明，內心卻是脆弱無比。

他們繼續往下走，進入一片迷霧。待迷霧散去，他們已置身於一座倉庫，貨架上擺滿食品和飲料。

「這是什麼？」維克特問多爾。「我們在什麼地方？」

多爾沒說話，但莎拉立刻認出了這裡。這是她和伊森那一次決定命運的約會地點。「*如果妳想來，到我叔的店見。*」那個夜晚在她腦海不知重播了多少回——親吻、酒精、它結束的方式。突然間，他又出現了；那個令她魂牽夢縈的男生，穿著熟悉的牛仔褲和連帽衫，直直朝他們走來。莎拉倒抽一口氣。但他逕自走了過去，看也沒看他們一眼。

「他看不到我們嗎？」維克特問。

「我們不在這個時空裡，」多爾回答。「這是未來的時空。」

「未來？」

「是的。」

維克特注意到莎拉的表情。

「就是這個男生？」他問。

莎拉點點頭。光是看到他，就讓她再次感到陣陣心碎。如果這是未來，那表示她已經死了嗎？而如果她已經死了，伊森會為他的所作所為感到後悔嗎？他獨自一人。他在敲他的手機。也許他正在想她，也許這是他來這個倉庫的原因。說不定他在悼念她，看著她的照片，就像她時常端詳他的照片那樣。她慢慢走近他，他卻露出微笑，豎起大拇指，口裡發出一聲：「哈！」一聲嗶聲響起。原來他在玩電玩。

突然有人敲門，吸引了他的注意。他打開倉庫的門，一個和莎拉年紀相當的女孩走了進來。她的頭髮吹整得蓬鬆有型，兩手插在外套口袋裡。莎拉注意到，女孩的妝好濃。

「嗨，妳好嗎？」伊森說。

莎拉緊縮身體。**這句招呼的話**。

她聽著兩人對話。她聽到那女孩說，大家都把過錯推到他頭上太不公平了。

「可不是嗎？」伊森說。「我什麼也沒做。是**她的**錯。整件事都失控了。」

女孩脫去外套，問可不可以拿架上的東西吃。伊森立刻抓了兩包餅乾，還順手拿了一瓶伏特加下來。

「一醉解千愁，」他說。

莎拉頓時一陣虛軟，像被踢到膝蓋那樣。在她臨死之際，她最後的念頭是伊森會後悔，他內心的煎熬會跟她一樣多。然而，藉著傷害自己好讓別人痛苦，只是另一種渴望被愛的吶喊罷了。而這聲吶喊，在莎拉看到伊森抓起兩個紙杯後才恍然，跟她那天在停車場的感情告白一樣，根本沒被聽進耳裡。

對他來說，她的死就跟她的生一樣，微不足道。

她帶著哀求的眼神望著多爾。

「你為什麼要帶我來這裡？」她說。

牆壁像在融化，場景不變。現在，他們來到了莎拉星期六工作的遊民之家。一群無家可歸的街友正在排隊領早餐。

一個中年婦人在舀燕麥粥。一個頭戴藍色棒球帽的男人走向前。

「莎拉呢？」他問。

「她今天沒來，」婦人回答。

「莎拉都會多給我幾根香蕉。」

「好。我也多給你幾根香蕉。」

「我喜歡那個女孩。她話不多，但我喜歡她。」

「我們已經幾個星期沒她的消息了。」

「希望她沒事。」

「我也希望。」

「我會為她祈禱。」

莎拉眨眨眼睛。她不知道遊民之家有人知道她的名字。她也萬萬沒想到，當她不在時他們會想念她。**我喜歡那個女孩。她話不多，但我喜歡她。**

莎拉看著那個男人挨著其他街友的肩頭坐下。儘管他們的境遇如此不堪，他們還是繼續活著，盡最大的努力熬下去。莎拉心想，她怎麼會每個週六對此視而不見，反而被一個男生迷得暈頭轉向呢？那個喜歡吃香蕉的男人對她的思念比伊森還多。

慚愧在她內心洶湧。

她轉向多爾。

她用力吞了口口水。

「我媽呢？」她輕聲問。

場景再度改變。是白天，人行道旁積著厚雪。

莎拉、多爾和維克特現在來到一個汽車經銷商的停車場。一名業務員穿著冬季大外套，手上拿著資料夾，從辦公室裡走出來。他直直穿過他們，朝一輛灰色休旅車的副駕駛座走去。

蘿倫坐在車裡。

「好冷，」男人對著窗玻璃說，呼氣瞬間凝結成霧。「妳真的不進來？」

蘿倫搖搖頭，在文件上三筆兩筆簽了名。莎拉遲疑地走向母親。

「媽？」她輕聲呼喚。

業務員取回文件。蘿倫看著他離開，她緊抿著唇，淚水滑下臉頰。莎拉想起所有那樣的時刻：當她在學校裡被嘲笑，當父母離婚，她就是這樣倒在母親懷裡哭泣。她母親儘管有時候瘋瘋癲癲的，卻永遠有時間安慰她，永遠會摸著她的頭髮，告訴她事情會好起來的。

現在莎拉也想這樣做，卻半點力也使不上。

她看到另一個男人一面將文件摺起裝入信封，一面朝車子走來。是莎拉住在北卡州的舅舅馬克。他鑽進汽車的駕駛座。

「辦好了，」他說。「抱歉非要妳來一趟不可，可是妳不簽名他們不肯收。」

蘿倫有氣無力地嘆口氣。「我永遠也不要再看到那部車。」

「是啊，」馬克說。

他們默默看著業務員將那部藍色福特汽車開到停車場後方。

「我們走吧，」馬克說。

蘿倫兩眼死盯著那部車，直到它消失在轉角。她崩潰了，開始啜泣。

「我那天應該待在家的，馬克。」

「不是妳的錯——」

「我是她**母親**！」

「不是妳的錯。」

「她為什麼要這樣做？**爲什麼我沒看出來**？」

坐在前座的馬克試著以彆扭的姿勢抱住她，兩人的冬衣摩擦出沙沙沙的聲音。

莎拉抱住自己的手肘，感覺內心翻騰欲嘔。她一心一意只想逃避自己的痛苦，從沒想過她也可能造成痛苦。莎拉看到母親將那個信封擁在胸前，緊抓著她用來了斷自己的車子的收據不放，只因為那是她女兒最後留給她的東西。

多爾走到莎拉面前，輕聲將蘿倫的疑問又問了一遍。

「為什麼？」

為什麼？

她為什麼要輕生？為什麼要在車庫裡尋死？為什麼要讓她愛的人這樣痛苦？

莎拉很想好好解釋一番。被伊森拒絕有多麼羞辱。他那幫朋友害她覺得多麼丟臉。看到自己的祕密被攤在電腦螢幕上多麼驚嚇。妳的未來就這樣徹底粉碎在眼前，讓毒氣吸進肺部就此死去，看來像是一種解脫。

她很想責怪他，責怪自己從頭爛到尾的生命。可是當她看到伊森、看到母親、看到她所知的世界以後的一切，她的自欺彷彿被推到最底層、最盡頭，真相像一個繭團團裹住她，所以她只說了一句：「我好寂寞。」

然而時間老人卻說：「妳從來就不曾一個人過。」

說完，他用手蒙住莎拉的眼睛。

莎拉突然看到一個洞穴，和一個雙手捧腮的長鬚男人。他的眼睛緊緊閉著。

「這是你嗎？」莎拉輕聲問。

「遠離了心愛的人的我。」

「這樣維持了多久時間？」

「就跟時間本身一樣久。」

她看到他起身走到洞穴牆壁，刻出一個符號。三條波浪線。

「這是什麼？」

「她的頭髮。」

「你為什麼要畫她的頭髮？」

「為了記得。」

「她死了嗎？」

「我也很想死去。」

「你真的很愛她？」

「我願意付出我的生命。」

「你會了斷自己的生命嗎？」

「不會，」他說。「孩子，生命不是我們的，我們不能了斷它。」

隨著這些話說出口，多爾忽然明白，他被容許存活了數千年不死，說不定就是為了此時此刻。活著卻沒有愛，他比地球上任何人都要清楚那種滋味。莎拉越是說她寂寞，他置身此地的原因就越發明顯。

「我真是個大傻瓜，」她悔恨道。

「愛不該讓妳成為傻瓜。」

「他沒有回報我的愛。」

「那也不該讓妳成為傻瓜。」

「只要告訴我……」她的聲音嘶啞。「什麼時候痛苦才會止息？」

「有時候永遠也不會止息。」

莎拉看到鬍鬚老長、獨坐洞穴的多爾。

「這麼長的歲月，而且你太太不在身邊，」她問。「你是怎麼活下來的？」

「她一直與我同在。」他說。

多爾將他蒙在莎拉眼睛上的手拿開，他們看著休旅車消失在積雪街道的盡頭。

「妳還有很多年要活，」他說。

「我不要活那麼多年。」

「可是它們要妳。時間不是妳能夠還回去的東西。妳的祈禱說不定就在下一個瞬間成為真實。放棄這個機會就是放棄了未來最重要的部分。」

「那個部分是什麼？」

「是希望。」

羞慚湧遍莎拉全身，她再度低泣。她比從前任何時刻都想念母親。

「我真的很抱歉，」莎拉哭得上氣不接下氣，臉頰的淚水不斷滑落。「只是那時候感覺就像……一切都完了。」

「完結的是昨日，不是明日。」

多爾揮揮手，街道消失了，鑽回那粒沙裡。天色轉為午夜的暗紫，滿空繁星點點，數也數不清。

「莎拉·雷蒙，妳這一生還有很多事尚待完成。」

「真的嗎？」她低聲問。

「妳想看嗎？」

她想了想，搖搖頭。

「還不想看。」

於是多爾知道，她的傷已經開始痊癒。

72

這段時間裡，維克特一直在旁觀看。

他現在懂了，這女孩的鎮定何以一戳就破，何以雙肩顫抖、聲音細弱。她曾經為了一個男生試圖了斷自己（那個男生看來是個痞子，維克特告訴自己；話說回來，維克特是有偏見的，因為他越來越喜歡這個叫莎拉的女孩）。至於她看到的畫面和最後的領悟，維克特其實老早就可以告訴她：任何愛都不值得那樣費事。他就懷疑葛芮絲會為他犧牲生命，不管他做了什麼事，而雖然他打從心底深深愛她，但即使沒有她同行，他還是在孜孜追尋一條超越死亡的重生之路。

但他還是想不通，那些幻象是如何形成的，還有，這個鐘錶店夥計到底是何許人也。維克特注意到，這人和他們初次見面時不一樣了。當初那人站在鐘錶店的櫃檯後面，看來健康結實，一副什麼都打不倒的模樣，而現在，他臉色發白、不斷發汗，咳嗽也越來越嚴重。反倒是維克特，從沒感覺自己那麼健康過，所以他很確定，這整件事都是他錯亂的腦袋臆想出來的。你不可能一覺醒來病痛全消，而且開始穿越時空。

他看著俯身在沙堆上的多爾。多爾的手指不斷在沙堆裡摸索，終於，他抬起頭望著維克特。「我也有東西要讓你看。」

維克特卻步了，他沒興趣去看他遺留在身後的世界。

「我的故事不一樣，」維克特說。

「來吧。」「你知道我有個計畫，對吧？」

只見多爾一語不發地站起身，拭去額頭的汗，看著自己的手，露出疑惑的表情。他踏上那條現在蜿蜒而上有如山邊的沙徑，繼續慢慢往前走。維克特轉頭去看莎拉，她因為看到自己人生被揭露，依然處於驚嚇而痛苦的狀態。現在，輪到維克特需要一個伴了。

「妳要不要一起來？」維克特問。

她跟在他身後，踏入沙徑。他們開始往上走。

73

這一回，等到迷霧散去，他們已回到冷凍公司的倉庫。

一堆巨大的玻璃纖維圓筒，宛如紀念碑一般矗立著。其中一個尺寸較小，也比其他的新。

「我們要看什麼？」維克特問。「這是未來嗎？」

多爾還沒來得及回答，只見門一開，杰德走了進來，後面跟著葛芮絲。她穿著深褐色的冬大衣，腳步小心翼翼，每踏一步便四下張望一番。

「她就是你太太？」莎拉輕聲問。

維克特吞吞口水。他知道葛芮絲遲早會知道他的計畫。他只是沒想到，自己會親眼看著她得知的過程。

他看到杰德指指那個體積較小的圓筒。他看到葛芮絲舉起手掩住自己的嘴。他看不出她是在祈禱還是在遮掩她的厭惡。

「這個就是？」她說。

「他堅持要一個人。」杰德搔搔耳朵。「很抱歉。我不知道他沒告訴妳。」

葛芮絲雙臂交疊，不確定她應該走近那個圓筒還是走避。

「我可以看看裡面嗎？」

「恐怕不行。」

「他的遺體已經在裡面了嗎？」

「是病體。」

「什麼？」

「我們稱它為『病體』，不是遺體。」

「什麼？」

「請見諒。我知道妳一定很難接受。」

兩人就這樣伴隨著電流的嗡鳴聲，在尷尬的靜默中佇立。終於，杰德清清喉嚨，說：「那，我就不打擾妳了。想坐的話請自便。」

他指指那張芥末色沙發。維克特搖搖頭，像是要阻止他。他突然感到羞愧，不只是因為他試圖操控死亡，也因為他太太被邀去坐的那張破爛悼念沙發。

葛芮絲沒有坐下。

她謝過杰德，看著他離開。她緩緩走近那圓筒，手指輕輕掠過它的玻璃纖維外殼。

她的下唇往下一撇，重重呼出一口氣，她雙肩向前垂落，一下子像矮了好幾吋。

「葛芮絲，沒關係的，」維克特衝口而出。「那是——」

她掄起拳頭，朝那個圓筒重重敲下。

又敲一次。

接著她用力踢它，力道之猛，差點沒害她往後跌倒。

她終於直起腰桿，深吸一口氣，走向出口。她經過那張芥末色沙發，瞧也沒瞧一眼。

那扇門關上了。靜默彷彿衝著維克特一人而來。多爾和莎拉望著他，但他將視線移開，感覺像是赤身露體。在這場欺騙死亡的競賽裡，他信任科學家甚於信任妻子。他連兩人最後的親密都沒留給她，他連個屍體也沒留下讓她埋葬。她要如何悼念他呢？他想，她永遠都不會再回到這個地方來。

他看看莎拉。莎拉眼睛望著地面，像是很難為情。

他轉向多爾。

「只要讓我看看，」維克特咆哮道。「這東西到底管不管用。」

74

好擠，擠得不可思議。

這是維克特對他未來的第一印象。他們跟著那粒沙在巨大的玻璃沙漏中穿梭，從這片空無往下走進另一團迷霧。霧漸漸散去，無數龐然聳立的高樓大廈出現眼前，密密麻麻，一條街連一條街。維克特暗忖，這應該是數個世紀以後的一個重要大都會。這裡幾乎沒有綠地，入目的只有深淺不一的鋼青色和灰色。不同於尋常的小飛機星羅棋布在天空裡，空氣本身也令人感覺異樣，不但更濃濁、更骯髒，而且冷冰冰，雖然人們身上並沒有穿上保暖的衣物。這裡的人臉長得跟他那個時代不同；頭髮染得五顏六色，活像個調色盤，頭也顯得大些。男女不分，雌雄莫辨。

他沒看到任何年紀大的人。

「這裡還是地球嗎？」莎拉問。多爾點點頭。

「所以我成功了？」維克特問。「我還活著？」

多爾又點點頭。他們現在站在一個偌大的城市廣場中央，數以萬計的人從他們身邊疾行而過。那些人不是低頭看著什麼儀器，就是對著飄浮在眼前的深色玻璃說話。

「這是多久以後的未來？」莎拉問。

維克特四下打量一番。「要我猜，應該是幾百年後。」

他幾乎要微笑了。

因為維克特是以成敗論人生，他相信自己已經贏了。

他已經騙過死神，在未來重見天日。「那我在未來的哪裡呢？」他問。

多爾手一指，景物隨之一變。他們現在置身於一個極大的開放大廳，四周有燈照明，不是銀光就是白光；挑高的天花板好大一片，眾多螢幕浮在半空。

維克特出現在所有的螢幕上。

「這在搞什麼鬼？」他問。螢幕上正在播放維克特一生的剪影時刻。他看到三十多歲的自己，在會議室裡跟人握手；五十多歲，在倫敦做一場貴賓演說；八十多歲，和葛芮絲坐在診所裡，看著電腦斷層掃描。成群結隊的人研究著螢幕，彷彿在觀看一場展覽。說不定他在未來變成了一則傳奇？維克特暗自猜想。或是一個醫學奇蹟？誰知道。說不定這棟大樓就是他的。

可是，他們是從哪裡取得這些影像的呢？那些時刻從來沒有被拍攝下來過。

維克特看到幾星期前的一幕：他望向窗外，瞪著一個坐在摩天大樓之頂的男人。

「那個人是你，對不對？」他問多爾。

「對。」

「那天你為什麼那樣看著我？」

「我是在奇怪，為什麼你會希望活得比一輩子更久。」

「活久一點有什麼不好？」

「那不是恩賜。」

「你怎麼知道？」

多爾擦拭眉毛。

「因為我經歷過。」

75

維克特還沒來得及回應，已經擠得水泄不通的展場大廳突然爆出一陣騷動。

不管是坐在飄浮的椅子上或是擠得貼牆，觀眾都在高聲談論他們看到的景象。螢幕上是維克特在法國的童年畫面。維克特在父母懷裡蹦蹦跳跳；維克特的祖母用湯匙一口口餵他；維克特在父親的葬禮上哭泣，跪在母親身邊一起禱告。**請讓昨日重現。**觀眾聽到他這句話，不約而同地倒抽一口氣，聲音之大清晰可聞。

「他們為什麼在觀看我的一生？」維克特問。「這個時候我到底在哪裡？」

多爾指指大廳角落一個頗大的長型玻璃箱。

「那是什麼？」維克特問。

「你看看就知道了，」多爾回答。

維克特帶著遲疑走近它，像個幽靈緩緩穿過人群。他來到人群最前面，彎身朝玻璃箱裡一望。

恐怖的巨浪吞沒了他。

躺在長型箱當中，是他枯皺、淺粉色的身體，萎縮的肌肉，斑斑點點像被燒傷的皮膚，頭部好幾處插著線，連接在許多部機器上。他圓睜著眼張著嘴，滿是痛苦的表情。

「不可能是這樣，」維克特的聲音拉高。「照理說，我會重新復活才對。我有文件。我可是花了很多錢！」

維克特想起律師團的警告。**不可能做到百分之百的保障**。難道他因為亟於尋找答案，所以愚蠢到對這個警告充耳不聞？

「發生了什麼事？誰該為這件事負責？」

人潮不斷穿過他，湊近去看他赤裸的身體，像在觀賞魚缸。

維克特霍地轉向多爾。「我有文件的！我有檔案的。」

「已經不見了，」多爾說。

「我有僱人來保護我。」

「也不見了。」

「我的財產呢？」

「被拿走了。」

「我有法律保護！」

「現在有新法出爐。」

維克特像是洩了氣。難道他的完美計畫到頭來就是落得這個下場？背叛？欺騙？未來的一場怪物秀？

「他們在做什麼？」

「在觀察你的回憶。」

「為什麼？」

「為了記得有感覺是什麼滋味。」

維克特雙膝一軟，委頓在地。

他已經習慣了判斷正確的自己。難道他這一生被幸免於諸多小錯，就是為了成就最後的這個大錯？

他仔細端詳那些觀察他人生歷史的面孔。那些臉看來都很年輕，多半也很漂亮，只是表情空茫。

「這個時代的每個人都很長壽，長壽到超乎我們的想像，」多爾解釋道。「他們所有的清醒時刻都排滿了活動，內心卻很空虛。

「對他們來說，你是一件藝術展品。而且，你擁有罕見的記憶。你讓他們想起一個較為單純、人心比較容易滿足的世界。如今他們對那個世界已經一無所知。」

維克特從來沒有這樣想過自己。單純？容易滿足？他向來不是馬不停蹄、永不饜足的嗎？然而，自從他被冷凍之後，這個求時間若渴的世界速度轉得更快了。他悟到，相對於這個未來世界，多爾說得沒錯。螢幕上的畫面顯現的都是感情。童年時被偷走了食物袋，他流下的眼淚。在公司電梯裡初遇葛芮絲，他靦腆的微笑。當她在他生命的最後一夜離去，他渴望的凝視。

那一幕又回到他眼前：他躺在床上，她身穿晚禮服，正要前往慈善餐會。

我會盡快回來。

我會……

會怎樣？親愛的？

會在這裡。我會在這裡。

他看著她消失在玄關。她相信她還會看見他。他竟然真的那麼殘忍？他突然好想她，想念得無以復加。自他成年以後第一次，他好想回到過去。

螢幕放出維克特凝視著葛芮絲離開的畫面。群眾紛紛站起身。畫面轉到玻璃長箱內維克特被禁錮的身軀上，他的臉頰落下一滴淚。

維克特也感覺自己的臉頰有一滴淚。

多爾伸出手，將那顆淚沾在自己手指上。

「你現在明白了嗎？」他問。「擁有無限的時間之後，任何東西就不再顯得特別。沒有失去或犧牲，我們就不會珍惜我們所擁有的。」

他仔細觀看那滴淚。他的思緒回到洞穴。他終於悟到，自己為什麼被選定進行這趟旅程。他曾經活過天長地久。維克特想要的就是天長地久。多爾花了數千年才參透老人最後告訴他的那句話，現在，他要跟維克特分享。

「上帝限制我們的歲數是有原因的。」

「什麼原因？」

「為了讓每一天都無比珍貴。」

76

時間老人這才娓娓道出自己的故事。

多爾用他越來越粗啞的聲音夾雜著越來越嚴重的咳嗽，對維克特和莎拉述說他出生的那個世界。他說到他發明的太陽木枝、用碗做成的水鐘，說到他的妻子艾莉、他的三個小孩，和那個來自天堂、他小時候就來找過他、他成年後又囚禁了他的老人。

大部分的故事情節在這兩個聽眾聽來簡直不可思議，雖然多爾在提到攀爬尼姆的高塔時，莎拉低呼了一聲：「巴別塔」，維克特也忍不住嘟囔：「那只不過是個神話。」

當多爾說到囚居洞穴的那段歲月，他用手蒙住維克特的眼睛，讓維克特看到被獨自囚禁數千年、獨活在一個無親無故的世界裡的折磨：無妻無子，沒有朋友沒有家。想要第二個人生？多活十分之一個人生？要不千分之一？有什麼差別呢？全都不是他的。

「我活著，」多爾說。「但毫無生趣。」

維克特看到，多爾曾經嘗試脫逃：他用力敲打洞穴的石灰岩壁，也試圖爬進晶光閃耀的淚池。維克特聽到此起彼落的嘈雜聲，都在祈求時間。

「這許多聲音是什麼？」他問。

「是不快樂。」多爾說。

多爾解釋道，自從人類開始鳴鐘報時，我們就失去了知足的能力。

多擁有幾分鐘、幾小時，進展更快好讓一天完成更多事情，這樣的祈求永無止境。在日出日落之間，單純生活的快樂已經一去不返。

「人類當今為了效率、為了填滿時間的一切作為，」多爾說。「並不能滿足心靈，徒然讓人渴望去做更多的事而已。人類想要掌控自己的生命，可是沒有人能擁有時間。」

他將蒙在維克特眼上的手拿開。「當你在測量時間，你就不是在生活。我明白了。」

他低下頭去。「我是始作俑者。」

他的臉更蒼白了，他的頭髮被汗濕透。

「你幾歲了呢？」維克特輕聲問。

多爾搖搖頭。這個世上第一個數算自己日子的人，並不知道他的數字已經累積到多少。

他痛苦地深吸一口氣。

隨即昏倒在地。

77

多爾的肺爭著要空氣。他的眼睛往上吊。一種古老的瘟疫襲擊著他。

六千年來，時間不斷流淌，地球變得更老，但多爾被賦予了不受時間侵害的能力，從來沒有耗用過一個呼吸。然而，這個均衡已經改變，因為他中止了世界的運轉。既然世界不再前進，時間老人的生命就得行進。他的皮膚迅速出現斑塊。他的毀朽急起直追。

「他怎麼了？」莎拉問。

「我不知道，」維克特回答。在他們周遭，未來正在消褪；觀看的群眾、展場大廳、裝著他的肉身皮囊的長型玻璃箱，像一張著火的照片，正在迅速消融。沙漏縮回到正常尺寸，沙子紛紛聚攏，鑽回它的上半盅。

「我們必須救他，」莎拉說。

「怎麼救？他的經歷妳也看到了。我們怎麼知道如何救他？」

他的經歷妳也看到了。

「等等，」莎拉說。她托起多爾的右手臂，放在自己臉上。「你拿另一隻手，」她對維克特說。

他們各自用多爾的手蒙住自己眼睛。兩人同時看到：多爾俯身看著妻子，她的臉正冒著汗，皮膚斑塊點點，就像他現在一樣。他們看到他親吻她雙頰，淚水交織著她的淚。

我會讓妳停止受苦。我會停止一切。

「噢，老天，」莎拉低呼。「她也得了同樣的病。」

他們看到，多爾奔向尼姆的高塔。他們看到，他不顧一切往上爬。他們看到，人類有史以來所打造的最高建築如何崩毀殆盡，雖然其他與他們同時代的人斥之為不可能的神話。

還有，這位上帝唯一准許存活的人。

可是，當他們看到多爾被狂風掃進洞穴，看到一個白袍老人趨前問他，**你是來**

求權力的嗎？維克特和莎拉同時放開了多爾的手。

兩人四目相對。

「妳也看到他了？」維克特問。

莎拉點點頭。「我們必須把他送回去。」

在他們尋常的生活中，這兩個人不可能相遇。

莎拉．雷蒙和維克特．迪拉蒙是兩個不同世界的人。一個是吃速食的高中生，一個總是來回在會議室和高級白色餐桌之間。

可是，命運以我們無從理解的方式牽繫著。此時此刻，在這個宇宙停止運轉的時刻，只有這兩個人能夠改變這人的命運，而這人先前也曾試圖改變他們的命運。莎拉抓緊沙漏，好讓維克特扭開它的底部。他們剛才看過多爾這樣做，現在也如法炮製：將沙子傾倒出來，只是這回倒出的是下半盅，也就是屬於過去的沙子；接著將沙子攤開，一如多爾將未來攤開那樣。

做完這些步驟，兩人將手伸到多爾的肩膀和膝彎下。

「如果這樣做有效，」莎拉問。「我們會變得怎樣？」

「我不知道，」維克特說。他確實不知道。他們已經被多爾從這個世界中摘取出來。沒有多爾，誰也不知道他們的靈魂會飄蕩至何方。

「到哪裡我們都會在一起，對不對？」莎拉問。

「無論如何都會，」維克特向她保證。

兩人抬起時間老人，踏上沙徑，開始前行。

接下來發生的事沒有目擊者，無從得知過了多久時間。

但維克特和莎拉走在過去的時間之沙裡，先前閃著光的足跡現在紛紛飄回到他們腳上。

隨著兩人往下走，迷霧散盡。繁星點亮了天空。終於，在凝懸的雪花、凍結的車陣、慶祝新年的人群停駐的時刻當中，一個十幾歲少女和一名老者，在果園街一四三號的遮雨棚下站定。

他們等著。一扇門開啟。

一張熟悉的面孔——那個鐘錶店老闆，現在身披他在洞穴裡穿著的白袍，柔聲說道：「帶他進來。」

78

他們踏入鐘錶店，將多爾放在地上。

「他是誰？」維克特問老人。

「他叫多爾。」

「他被派來地球是為了我們？」

「也是為了他自己。」

「他快死了嗎？」

「是的。」

「我們也快死了嗎？」

「是的。」

老人看到他們臉上的恐懼，他的表情緩和下來。「凡有生必有死。」維克特看著昏迷不醒的多爾，悟到自己一直錯看了這個人，而他也一直錯看了那麼多事情，就連那隻懷錶也是——多爾選擇那隻錶不是因為它的古董價值，而是想用錶盤上繪著父親、母親、小孩的家庭圖像作為提醒，希望維克特能及時悟到他和葛芮絲的感情，以免後悔莫及。

「他為什麼受到懲罰？」維克特問。

「他從來沒有受過懲罰。」

「他不是被關在洞穴裡？一關數千年？」

「那是恩賜。」

「恩賜？」

「是的，他因此學會珍惜他曾經擁有的人生。」

「可是花了他那樣長久的時間，」莎拉說。

老人從沙漏的細頸上取下一個圈環。

「何謂長久？」他說。

他將圈環套進多爾手指。一粒沙從多爾的掌心脫逸而出。

「他會怎麼樣？」莎拉問。

「他會完成他的故事。你們也是。」

多爾動也不動，雙眼緊閉，兩手無力地垂落在地。

「會不會太遲了？」莎拉輕聲問道。

老人拿起空空如也的沙漏，將它反轉過來。他將那一粒沙舉到沙漏上方。

「沒有什麼是太早或太遲的，」老人說。

接著手一放。

79

我們不會察覺到這個世界發出的聲音——當然，除非世界突然靜止下來。然後，當它重新啟動，聽來就像一闋交響樂演奏。

打碎的浪。呼嘯的風。滴落的雨。啾唧的鳥。整個天地之間，時間繼續流淌，大自然齊聲合鳴。

多爾感覺頭在旋轉，身體直往下墜。他在泥巴地上咳嗽著醒來。炎炎的太陽高掛在天空。

他立刻明白了。

他回家了。

他掙扎著站起身。前面就是尼姆的高塔，塔頂直穿雲霄。他腳下的那條路會將他帶到塔邊。

他深吸一口氣，扭頭往回走。他擁有任誰一生都不曾有過的機會，所以他毫不猶豫。他改變了他過往的人生足跡。

他奔回到她身邊。

頂著一波波熱浪，忍著一陣陣窒息感，無比期待的心情驅使著他奮力前行。雖然用力會加速他的死亡，但他不願慢下腳步。一句話在他的記憶中浮現：時間飛逝，他不斷複誦，一遍又一遍，靠著它的驅使，他穿山越嶺，深入那片高原。直到他看到熟悉的石頭，直到茅草屋在目，他這才放慢腳步，就像一個人慢慢趨近他所渴望的東西那樣，不確定一切是不是俱如他的盼望。他敢看嗎？他魂牽夢縈的一切還在嗎？所有撐持著他、讓他熬過天長地久的一切還在嗎？

他的胸膛劇烈起伏，全身被汗水濕透。

「艾莉？」他大聲呼喚。

他踏入茅草屋。

她躺在睡毯上。

「我的愛，」她輕呼。

她的聲音就跟他恆久的記憶裡一樣；他在洞穴裡聽過何止億萬的聲音，沒有一個能比得上它的甜蜜，也沒有一個能讓他有相同的感受。

「我在這裡，」他說，屈膝跪下。

她看到他的臉。

「你也病了。」

「不比妳嚴重。」

「你到哪裡去了？」

他試著回答，可是他再也無法看清自己的思緒。那些畫面逐漸消失。有個老人？有個女孩？他已回到自己的人生道路，對於自己活過天長地久的記憶正在消褪。

「我去試著讓妳停止受苦，」他說。

「我們不可能阻止上蒼的決定。」

她虛弱地笑笑。

「陪著我。」

「永遠。」

他撫摸她的頭髮。她轉過頭去。

「你看，」她低呼一聲。

他們眼前的天空被落日繪上艷麗的霞光，橙黃、靛紫、深紅。多爾在艾莉身邊躺下。兩人濁重的呼吸互相交疊。在過去，多爾會去數算他們的呼吸。現在，他僅是專心地聽，將呼吸聲聽進心裡。他注視著一切，讓一景一物盡收眼底。他的手垂下了，而他發現他正在沙上畫出一個形狀，上下皆寬，中間細窄。那是什麼呢？

一陣風颳起，將他這幅畫周遭的沙吹散開去。時間老人將妻子的手握在自己手裡，一股只有跟她在一起才會有的靈犀相通再次奔竄。他任由那股悸動流遍全身，感覺他們人生的最後幾滴生命碰觸在一起，就像洞穴裡的水，洞頂的與地上的，天與地合而為一。

當兩人閉上眼睛，另外兩對眼睛睜開了，他們以合體的靈魂從地面升起，越飛越高，化為蒼穹裡的太陽和月亮。

尾聲

這個故事談的是時間的意義。
故事要從很久以前說起，
但它要在多年以後才告結束。

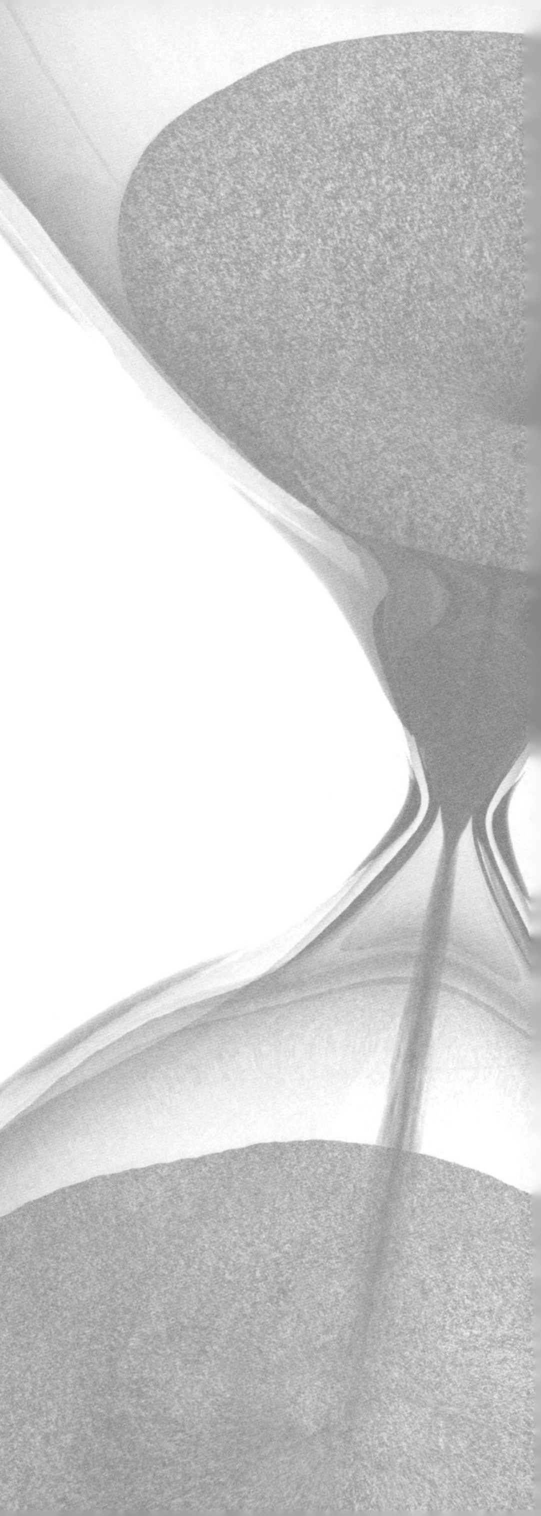

80

莎拉・雷蒙被緊急送到醫院。

她在醫院裡待了一夜。等她的肺被清乾淨，頭也不再抽痛，她告訴自己實在幸運，因為她的手機及時響起伊森設定的重金屬吉他樂段，那個屬於她母親的鈴聲。是她母親打來祝她新年快樂。

莎拉被刺耳鈴聲吵醒，模模糊糊中意識到發生的事，於是按下車庫門的啟動器，接著將車的門把一拉，整個人跌出車外。她一面劇烈咳嗽，一面沿著水泥地向外爬，直到來到露天戶外。一個鄰居看到她在雪地裡匍匐，撥了九一一緊急電話。

她被送進急診室的時候，鐘敲十二響，正是東岸的人不約而同尖叫著慶賀新年的時刻。

和莎拉比鄰的輪床上是個叫作維克特・迪拉蒙的男人。

他也是幾分鐘前才送進來，患有癌症和腎臟疾病。他顯然沒有按時洗腎，因此必須輸血，雖然送他進來的那個男人只說他一直抱怨肚子痛。

維克特對他的臨終計畫做了什麼樣的改變，我們不得而知。只知當他身體被抬起，眼看就要浸沒在冰塊裡，他突然張開眼睛，看到了羅傑。那晚稍早，藉著那段附耳低語，維克特已經交代過羅傑，萬一出於什麼原因——任何原因，讓他改變了心意，他會說出三個字作為信號，羅傑就要立刻中止計畫。

瞭解嗎？萬一這事發生，你必須毫不遲疑。

我瞭解。

事情果然發生。維克特說了那三個字。一聽到信號，羅傑馬上大叫：「住手！」他要法醫和醫生退後，自己立刻撥打電話叫來救護車。他一如既往，遵從老闆指示，因為他一直豎耳細聽老闆是否說了那三個字，而那三個字清晰入耳：

「葛芮絲。」

81

這個故事談的是時間的意義。

故事要從很久以前說起，但它要在多年以後才告結束。一個擁擠的宴會廳裡，一位深受敬重的醫學博士正在接受群眾鼓掌致敬。她將功勞歸給她的同事們。她稱之為「團隊的努力成果」。不過，介紹她出場的那位男士說出了世人普遍的看法：莎拉·雷蒙博士已為本時代最可怕的疾病找到了醫治之道，她的治療方法可以拯救數百萬條人命，今後的人生再也不一樣了。

「請鞠躬，」那人說。

她頷首為禮，輕輕揮手。她向她的老師和研究夥伴們致謝，也為大家介紹她的母親。蘿倫站起身，手上拿著提包，面露微笑。莎拉接著說，如果不是維克特·迪拉蒙先生的慷慨贊助，這個成果不可能成真；早在她申請大學之際，迪拉蒙先生便在他的最後遺囑中慷慨贈與，全額負擔她就讀某常春藤大學的學費，包括大學、醫學院、直到她能讀到的最高學位。迪拉蒙先生的遺囑就在他長逝之前做了極大變更，而他就是死於莎拉現在可以醫治的疾病。在兩人被送進急診室那晚之後，他只存活了三個月，可是他的妻子葛芮絲說，那是他們婚姻中最寶貴的三個月。

「非常謝謝大家，」莎拉做了結語。

群眾紛紛起立鼓掌。

這時候，同一個時間，曼哈頓下城一條鵝卵石鋪地的街道上，一名新房客正待遷入果園街一四三號。一組建築工人照著藍圖，正在敲打牆壁。

「哇，」其中一人叫出聲。

「怎麼了？」另一人問。

手電筒照到一個有如洞窟的空間，先前它一直隱藏在一樓的地底下。洞壁刻有圖案，各式各樣你能想像得到的形狀與符號。角落裡有個沙漏，裡頭裝著單單一粒沙。

當好奇的工人端起這個玻璃沙漏，遠方某處，一個非書頁所能形容的某處，一個名叫多爾的男人和一個名叫艾莉的女人正赤著腳往山上跑，他們扔擲石頭，和他們的小孩嘻笑，而時間，從來不曾掠過他們心間。

致謝

首先，感謝上帝。沒有上帝的恩典，我不可能成就任何事。

有些書好寫，有些書難寫。感謝所有在這本書各方面對我展現耐心的人，以及所有在我起心動念之初就相信這本書做得成的人：我的家人、我的兄弟姐妹和我親愛的知交好友。

特別感謝 Rosey 和 Chad，他們為「朋友」這個詞彙下了新的定義。他們在那些煎熬的日子裡給予我無盡的支持，我終生難忘。我也要對Ali、Rosey、Rick 和 Tricia深深致謝，他們賦予了本書最初的面貌，且不斷鼓勵我，告訴我時間老人的故事值得書寫。

我對Kerri 有無盡的感謝。她不但審閱、編校這些書稿，還替我擋去一切干擾，好讓這個故事呼吸面世，在這個世間找到一席之地。還要感謝 Mendel，這人是個無賴，可是有他進辦公室，我那天的心情就風調雨順。

感謝信任我長達四分之一個世紀的 David。感謝 Antonella、Susan、Allie、David L. 和 Team Black Inc., 的其他成員，他們一如既往，永遠是我大海中的浮木。感謝 Ellen、Elisabeth、Samantha、Kristin、Jill 以及 Hyperion 所有同仁，感謝 SallyAnne 替這本書宣傳。我也深深感激我的編輯 Will Schwalbe，在我們開口探詢時首肯同意，令我喜不自勝。

特別感謝位於密西根州柯林頓鄉（Clinton Township）的Cryonics Institute④及其員工，他們願意為這本小說分享知識，言無不盡。雖然書中的維克特最後領悟到一些啟示，但無論對人體冷凍這門科學、相關業者或病人的抉擇，本書都無意做任何評斷。畢竟，這是一則虛構的寓言。

感謝我的父親、母親、Cara、Peter以及所有我不斷擴增的家人，感謝他們為我做的一切。

④ 譯註：一間提供人體冷凍服務的非營利機構，為美國目前提供人體冷凍服務的第二大供應商。

最後，我的生命中只有一個艾莉。多爾眼裡只有她，我也是每天都能見到她。謝謝妳，Janine。

還要感謝我忠實的書迷們，有些人連內容也沒問，看到這本書就拿起來讀。各位是我作品的脊骨，也是我在鍵盤敲出這些字句時放在心中的眼睛。各位給了我希望與激勵，但願我能繼續以作品反饋於萬一。

米奇．艾爾邦
二〇一二年五月
謹識於密西根州底特律

國家圖書館出版品預行編目資料

時光守護者 / Mitch Albom著 ; 席玉蘋譯.
-- 初版. -- 臺北市 : 大塊文化, 2012.11

面 ;　公分. -- (Mark ; 92)

譯自 : The time keeper
ISBN 978-986-213-375-0(平裝)

874.57　　　101019463

LOCUS

LOCUS

LOCUS

LOCUS